BUCHSPENDE

www.fischer-verlassenschaften.at

Verwertungen von Verlassenschaften
Fachmännische Wohnungsräumungen
Telefon: 01 / 595 35 45

Margit Schreiner
Heißt lieben

BUCHSPENDE

www.fischer-verlassenschaften.at

Verwertungen von Verlassenschaften
Fachmännische Wohnungsräumungen
Telefon: 01 / 595 35 45

Schöffling & Co.

Erste Auflage 2003
© Schöffling & Co. Verlagsbuchhandlung GmbH,
Frankfurt am Main 2003
Alle Rechte vorbehalten
Satz: Reinhard Amann, Aichstetten
Druck & Bindung: Pustet, Regensburg
ISBN 3-89561-273-1

www.schoeffling.de

Tod

Am Ende bringen wir unsere Mütter um, weil wir nicht mehr lügen wollen.

Es beginnt bereits im November. Wir fühlen uns nicht wohl und wissen nicht, warum wir uns nicht wohl fühlen. Wir schieben es auf den Nebel oder den Schneeregen. In Wirklichkeit haben wir Angst vor Weihnachten. Sobald wir die ersten Schokoladeweihnachtsmänner im Kaufhaus sehen, beginnt die Angst. Und steigert sich dann, Tag für Tag.

Wir fühlen uns immer schlechter, haben ständig kalte Füße und Kopfschmerzen, beginnen zu husten und versuchen, den Weihnachtsbesuch bei unseren Müttern abzusagen. Da unsere Mütter erfahrungsgemäß Krankheiten ignorieren, wenn sie ihnen nicht in den Kram passen, beginnen wir zu lügen. Wir sprechen von unaufschiebbaren beruflichen Terminen, und da auch das nichts nützt, schieben wir unsere Kinder vor. Wir erfinden ansteckende Kinderkrankheiten wie Masern oder Scharlach.

Am Ende bringen wir unsere Mütter um, weil wir nicht mehr lügen wollen. Unsere Bedenken, wir könnten sie zu Weihnachten anstecken, so daß sie dann geschwächt sind und womöglich hinfallen und dann später infolge des Sturzes ins Pflegeheim müssen und dort an einem Organzusammenbruch sterben werden, tun sie lachend ab.

Die Mütter tun unsere Bedenken ja immer mit einem Lachen ab. Einerseits haben sie selbst vor allem und jedem Angst und warnen uns ununterbrochen: vor dem Straßenverkehr, vor schlechter Gesellschaft, vor Drogen, dem anderen Geschlecht, verdorbenen Mahlzeiten, Hundekot auf den Straßen, den Folgen von Masern, dem Lesen bei schlechtem Licht, Mangel an Frischluft und so weiter und so fort, andererseits akzeptieren sie nicht die geringsten Einwände unsererseits. Wir sollen uns unseren Müttern mit Haut und Haar ausliefern. Darauf läuft alles hinaus. Sie selbst haben eine lebensbedrohende, ansteckende Krankheit, unsere Bedenken tun sie aber mit einem Lachen ab. Es sei doch verrückt anzunehmen, sagen sie, daß sie ihr eigenes Enkelkind anstecken würden. Auf diese Weise zwingen sie uns, sie anzulügen. Aus reinem Selbsterhaltungstrieb.

Unsere Tochter habe leider Scharlach bekommen, sagen wir unserer Mutter eine Woche vor Weihnachten am Telephon, weil wir nicht sagen wollen, daß wir mit einem Kleinkind niemanden besuchen, der sich nicht über die Gefährlichkeit und die Ansteckungsgefahr seiner Krankheit im klaren ist. Gegen Scharlach hat unsere Mutter keine Chance. Es gibt eine gesellschaftliche Übereinkunft, ein scharlachkrankes Kind nicht mit dem

Zug weißgottwohin zu transportieren. Aber Schuldgefühle bleiben zurück. Weil wir die Mutter angelogen haben. Zu all den Lügen, mit deren Hilfe wir es am Ende doch noch geschafft haben, halbwegs erwachsen zu werden, ist eine weitere dazugekommen. Lügen haben immer Lügen zur Folge. Oder Anpassung. Da wir nicht jedes Jahr eine andere Kinderkrankheit erfinden können, die uns daran hindert, mit unseren Kindern und Müttern gemeinsam Weihnachten zu feiern, geben wir nach.

Zu Weihnachten fahre ich, obwohl ich krank bin, mit meiner Tochter zu meiner Mutter. Ich rufe die Mutter vorher mehrmals an und will den Besuch verschieben, da ich stark huste und Antibiotika nehmen muß. Seit dem Tod des Vaters huste ich jedes Jahr im Winter und muß dann Antibiotika nehmen. Jedenfalls will ich meine Mutter nicht anstecken und auch mich selbst will ich schonen. Die lange Anreise von der Stadt, in der ich mich angesiedelt habe, weil es mich immer schon möglichst weit von meiner Geburtsstadt weggezogen hat, mit einer siebenjährigen Tochter, ist anstrengend. Aber die Mutter reagiert, wie ich es ohnehin erwartet habe. Ich habe mich, sagt die Mutter, schon so auf das gemeinsame Weihnachtsfest gefreut und Kekse habe ich auch schon gekauft und den Weihnachtsbaum und eine tiefgefrorene Gans. Was soll ich denn mit den Keksen machen? So viele Kekse kann ich unmöglich alleine essen. Es ist mir sowieso meistens schlecht und auch eine tiefgefrorene Gans hält sich nicht ewig. Außerdem paßt sie nicht in das Tiefkühlfach hinein. Ich werde mich schon nicht anstecken.

Und Vati ist auch tot, sagt die Mutter und weint.

Ich sage, dann kommen wir eben. Aber das ist ein Fehler, denn die Mutter wird sich dann tatsächlich anstecken. Wir werden über die Feiertage drei verschiedene Notärzte kommen lassen müssen und am Ende, nachdem ich bereits abgereist bin, wird die Mutter dann gleich am dritten Tag meiner Abwesenheit stürzen. Sie wird ins Krankenhaus eingeliefert werden, aus dem sie nicht mehr in ihre Wohnung zurückkommen wird.

Nachdem wir am Heiligen Abend die stundenlang gebratene und am Ende ganz zähe und sehr fette Weihnachtsgans gegessen haben, wird der Mutter schlecht. Sie ist weiß im Gesicht. Ich stelle einen Eimer mit Wasser neben den Fernsehstuhl. Aber die Mutter wendet den Kopf auf die andere Seite, als sie erbricht. Alles Erbrochene landet auf der Mutter selbst und auf dem Tisch und dem Teppich. Sogar auf der Unterseite des Eßtisches kleben Reste von Erbrochenem. Nachdem ich alles weggewischt und gesäubert habe, bitte ich die Mutter, ins

Bett zu gehen. Die Mutter reagiert nicht. Ich rufe den Notarzt. Der Notarzt und ich versuchen gemeinsam, die Mutter ins Bett zu bringen. Aber die Mutter kann nicht mehr gehen. Sie hebt einen Fuß, setzt ihn dann aber nicht vor den anderen, sondern auf dieselbe Stelle. Wir fassen die Mutter an je einer Seite unter den Arm. Aber die Mutter begreift nicht, daß sie sich auf uns stützen kann. Oder sie will sich nicht auf uns stützen. Sie legt den Arm nur ganz leicht auf meinen Arm und hebt den Fuß wieder zu wenig an. Dann setzt sie ihn erneut auf derselben Stelle ab. Der Notarzt spricht beruhigend auf die Mutter ein. Er sagt, sie solle versuchen, einen Schritt vor den anderen zu setzen. Ich trau mich nicht, sagt meine Mutter zum Notarzt und lächelt plötzlich. Der Notarzt sagt, daß wir beide sie sicher am Arm hielten. Daß sie sich darauf verlassen könne. Da lächelt die Mutter noch einmal ein wenig und setzt schließlich einen Fuß ein paar Zentimeter vor den anderen. Sie stützt sich weiterhin nicht auf uns. Wir packen die Mutter fest am Arm, wogegen sie sich aber wehrt. Sie versucht statt dessen, sich an der Lehne des Fernsehstuhls und am Tisch festzuhalten. Der Notarzt sagt immer wieder, die Mutter solle uns doch vertrauen.

Die Mutter tastet sich Schritt für Schritt vor, hält sich an Türen, Wänden, Vorhängen fest. Es dauert eine volle Stunde, bis sie vom Wohnzimmer ins Schlafzimmer gegangen ist. Der Notarzt ist ratlos. Ich befrage ihn im Wohnzimmer leise über meinen Verdacht eines Schlaganfalles. Aber der Notarzt gibt der Mutter bloß Magentropfen und ein kreislaufstärkendes Mittel.

Am nächsten Tag ist sie wieder die alte. Sie sitzt bereits um acht Uhr früh am Frühstückstisch und weckt mich, wie immer, seit ich mich erinnern kann, mit ihren Niesanfällen auf.

So sind die Mütter. Sie vertrauen uns nicht. Sie haben uns unser Leben lang mißtraut und denken nicht daran, uns gerade in der Not zu vertrauen. Jahrelang wecken sie uns jeden Tag in der Früh mit ihren Niesanfällen. Manchmal jahrzehntelang. Unsere ganze Kindheit und Jugend lang niesen Mütter jeden Tag in der Früh beim Kaffeetrinken acht oder zehn oder zwölf Mal. Als Kind zählen wir mit, später dann nicht mehr. Wir haben uns nie angewöhnen können, die Niesanfälle unserer Mütter einfach hinzunehmen. Dadurch ist der Ärger immer schon in der Früh da und gleichzeitig mit dem Ärger über die Niesattacken auch der Ärger über das zu Erwartende. Denn immer, wenn wir unser Kinderzimmer verlassen, sprechen uns Mütter an. Das ist unsere ganze Kindheit so und hat nie aufgehört. Schon als Kind fürchten wir morgens im Bett nichts mehr, als daß wir aufstehen und sofort von unserer Mutter angesprochen werden. Wir versuchen immer wieder, den

Müttern klarzumachen, daß wir in der Früh nicht angesprochen werden wollen, aber die Mütter verstehen uns nicht. Nicht nur in dieser Hinsicht, sondern überhaupt. Nie können wir unseren Müttern sagen, daß wir etwas Bestimmtes nicht mögen oder etwas anderes besonders mögen. Unsere Mütter können es nicht verstehen. Wer kann sich an einen einzigen Fall erinnern, bei dem Mütter einmal befolgt hätten, worum sie gebeten wurden?

Unsere Mütter sind nicht imstande, andere Menschen wahrzunehmen. Auch unsere Väter nehmen sie nicht wahr, nicht die Nachbarn und nicht die Verwandten. Unsere Mütter können andere Menschen nur wahrnehmen, nachdem sie sich die Menschen *einverleibt* haben. Sie haben ihre eigene Vorstellung von den Menschen und nehmen diese Vorstellung dann wahr. Natürlich sind auch die Mütter selbst dementsprechend eingeschlossen in sich, denn auch von sich selbst haben sie eine Vorstellung, und sie können niemals mehr als diese Vorstellung ihrer selbst sehen. Wir sind als Kinder auf diese Weise aufgewachsen: als eine Vorstellung unserer Mütter. Natürlich haben wir ständig vor unseren Müttern davonlaufen müssen, um nicht verrückt zu werden.

Daß unsere Mutter auch Landschaften nie wirklich wahrgenommen hat, ist uns erst viel später aufgefallen. Anfangs haben wir uns nur gewundert, wieso die Mutter am Gipfel eines Berges beispielsweise immer den Kopf ein wenig hebt, in den Himmel lächelt und sagt, daß man von den Bergen eine so herrliche Aussicht habe. Wir fragen uns unsere Kindheit lang, warum unsere Mutter bei diesem Satz nicht auf die Landschaft, sondern in den Himmel schaut. Und wenn sie sagt, daß dieser oder jener Tag ein besonders schöner Tag zum Wandern im Wald sei, dann schaut sie auch immer in den Himmel. Gleichzeitig nimmt sie eine *Wanderhaltung* ein. Sie geht dann mit sehr geradem Oberkörper ein paar Schritte schneller als sonst – »zügig« nennt sie das – und hebt die Beine für ein paar Sekunden bei jedem Schritt höher, als sie die Beine sonst beim Wandern hebt, was ihr oft genug fast zum Verhängnis wird, da die Mutter die Beine beim Wandern nicht nur ein bißchen zu wenig hebt, sondern viel zu wenig. Im Grunde schlurft unsere Mutter beim Wandern durch den Wald, so daß ständig die Gefahr besteht, daß sie über eine Wurzel stolpert und hinfällt.

Tatsächlich haben wir keinen Menschen in unserem Leben gekannt, der so oft über eine Wurzel oder über einen Stein, später dann auch über Bordkanten oder Türschwellen gestolpert ist wie unsere Mutter. Als wir noch nicht gewußt haben, daß unsere Mutter – so wie im übrigen alle anderen Mütter auch – an einer Wahrnehmungsstörung leidet, was bereits unsere ganze Kindheit und Jugend lang der Fall gewesen ist, haben wir der Mutter immer wieder gesagt, sie solle doch beim Wandern auf den Boden schauen, damit sie nicht dauernd über eine Wurzel oder einen Stein stolpert. Es hat uns furchtbar geärgert, daß die Mutter immer nur für ein paar Sekunden auf den Boden und dann wieder in die Luft geschaut hat. Erst viel später haben wir begriffen, daß es nichts genützt hätte, wenn die Mutter auf den Boden geschaut hätte, da sie den Boden gar nicht wahrgenommen hat. Sie hat nur den Boden wahrgenommen, den sie sich vorstellte.

Naturgemäß ist es am schlimmsten, wenn unsere Mütter uns ihre Liebe zeigen wollen. Denn unterschwellig ahnen wir natürlich, daß sie nicht uns, sondern ihre Vorstellung von uns, also sich selbst, lieben, und wir zucken ein Leben lang zurück. Aber wir können nie etwas beweisen. Das ist unser Schwachpunkt. Deshalb die Schuldgefühle dann später. Für den Rest unseres Lebens. Erst wenn unsere Mütter im Pflegeheim sind und keine Vorstellung mehr von den Menschen und Dingen und von uns haben, können wir sie lieben.

Wir sitzen tagelang im Wohnzimmer und essen und essen. Zuerst das Frühstück und kurz darauf das Mittagessen. Die Mutter ißt immer schon um halb zwölf Uhr zu Mittag. Dann schauen wir ein oder zwei Stunden das Schirennen im Fernsehen an, trinken Kaffee und essen Malakofftorte. Die Mutter hat einen erstaunlichen Appetit. Sie verträgt alles. An den Kollaps am Heiligen Abend erinnert sie sich nicht. Am Nachmittag nascht sie noch Windgebäck vom Weihnachtsbaum. Abends essen wir Heringssalat mit Mayonnaise. Auf meine Warnung hin, aufzupassen mit fetten Speisen, lacht sie. Sie sagt, jedem könne einmal ein wenig übel werden, das heiße noch lange nicht, daß man daraufhin sein Leben lang nicht mehr essen solle, wenn es einem schmecke.

Während der Nachrichten im Fernsehen, die wir zusammen anschauen, erleidet die Mutter einen Hustenanfall. Ich huste auch. Wenn man erkältet ist, hustet man automatisch, wenn man jemanden husten hört. Wir husten so, daß wir kein Wort von den Nachrichten verstehen. Um zehn Uhr abends hat die Mutter neunundreißig Grad Fieber. Ich rufe zum zweitenmal den Notarzt. Es kommt ein anderer Notarzt als am Heiligen Abend, da die Notärzte während der Weihnachtsfeiertage häufig wechseln. Der Notarzt verschreibt der Mutter Penicillin. Auf das Penicillin reagiert die Mutter verheerend. Aber da ist der Notarzt schon wieder weg. Die Mutter beginnt zu zittern, das Fieber steigt auf vierzig Grad an. Am Ende erbricht sie wieder alles, was sie an dem Tag zu sich genommen hat. Die Mutter wimmert, als ich sie umbette, um das Bett zu säubern und neu zu überziehen. Ich sitze bis drei Uhr früh an ihrem Bett. Ich beobachte sie. Für den Fall, daß sie ins Krankenhaus gebracht werden muß. Um drei Uhr früh schläft die Mutter ein.

Bereits um acht Uhr werde ich, wie immer, durch einen Niesanfall geweckt. Die Mutter ist nicht einmal besonders blaß. Heute ist Schispringen, sagt sie, kaum habe ich das Schlafzimmer verlassen. Da rufe ich Freunde an und verabrede mich zum Schifahren. Als meine Tochter und ich am späten Nachmittag zurückkommen, geht es der Mutter immer noch gut. Sie ist sogar richtig aufgekratzt. Ich sage mir, daß es für die Mutter gut gewesen ist, einen Tag alleine zu sein. Sie habe das Schispringen angesehen, sagt die Mutter, und dann einen Film mit Hans Moser, der so lustig gewesen sei, daß sie laut gelacht habe. Zu husten hat die Mutter auch aufgehört. Sie läßt es sich nicht nehmen, gleich das Abendessen zuzubereiten. Ich bin auch entspannt.

Schon immer, wenn wir zu Besuch bei unseren Eltern gewesen sind, hat es uns entspannt, unser Elternhaus sofort wieder zu verlassen. Nur eine Stunde aus dem Haus, und es geht uns schon besser. Das ist der einzige Grund, warum wir alte Freundschaften in unseren Geburtsstädten aufrechterhalten. Obwohl in den meisten Fällen nicht das geringste von der ehemaligen Freundschaft mehr übrig ist. Die ehemaligen Freunde haben selbst eine Familie gegründet und sind entweder Mütter oder Väter geworden. Sie sind entweder im konservativen Lager gelandet oder in der katholischen Kirche. Eins von beiden. Diejenigen, die weder im konservativen Lager noch in der katholischen Kirche gelandet sind, sind Sozialisten geworden oder Tierschützer. Und obwohl unsere ehemaligen Freunde ununterbrochen versuchen, uns entweder zum konservativen Lager oder zur katholischen Kirche oder zum Sozialismus oder zum Schützen von Tieren zu bekehren, während sie entweder ihre Kinder maßregeln oder von ihren Kindern herumkommandiert werden, halten wir die alten Freundschaften mühsam aufrecht, weil wir verrückt werden würden, wenn wir tagelang ununterbrochen mit unseren Müttern in ungelüfteten Wohnzimmern auf staubigen Polstermöbeln verbringen und Malakofftorte essen und Kaffee trinken müßten. Unsere Mütter ahnen das natürlich. Und wollen verhindern, daß wir auch nur für eine Stunde unser Elternhaus verlassen. Was, sagen sie, gerade bist du angekommen und schon willst du wieder weg? Und zwar ganz egal, ob wir abends unsere Freunde besuchen wollen oder ob wir für einen Tag zur ersten Probe unseres Theaterstücks nach Stuttgart reisen wollen. Die werden die Proben auch ohne dich schaffen, sagen unsere Mütter.

In der Nacht nach dem zweiten Weihnachtstag wache ich von Geräuschen aus dem Wohnzimmer auf. Als ich daraufhin ins Wohnzimmer gehe, sitzt die Mutter angezogen am Wohnzimmertisch und zittert. Es ist vier Uhr früh. Die Mutter ist verwirrt. Sie sagt, daß sie über zwei Stunden gebraucht habe, um sich anzuziehen. Wir argwöhnen unsere Bestrafung. Nie haben wir uns ohne Bestrafung aus dem ungelüfteten Wohnzimmer mit den staubigen Polstermöbeln wegbewegen dürfen, keinen Augenblick lang. Immer ist die Strafe auf den Fuß gefolgt.

Entweder unsere Mutter hat aus Sorge um uns schlaflos die halbe Nacht im Bett gelegen, oder sie ist aus Sorge aufgestanden und hat dann die halbe Nacht in den staubigen Polstermöbeln sitzend auf uns gewartet. Wenn wir nach unserer Flucht spät nachts zur Tür hereingekommen sind, haben wir augenblicklich entweder aus dem Schlafzimmer oder aus dem Wohnzimmer ihre Stimme gehört, die stets eine klagende Stimme gewesen ist. Wo bist du so lange gewesen, haben wir sie sagen hören oder: Warum kommst du so spät oder: Ich habe mir solche Sorgen gemacht. Manchmal ist unsere Mutter vor lauter Sorge um uns oder auch, weil der Thermostat der Heizung sich automatisch um elf Uhr abends ausgeschaltet hat und es eiskalt war im Wohnzimmer, krank geworden.

Wir helfen der Mutter, obwohl wir eine verspätete Bestrafung argwöhnen, sich wieder auszuziehen. Es dauert auch mit unserer Hilfe lange. Die Mutter kann wieder nicht mehr gehen. Sie macht so winzige Schritte, daß wir kaum vorwärts kommen. Und wieder will sich die Mutter nicht auf uns stützen. Als sie dann endlich im Bett liegt und wir ebenfalls wieder ins Bett zurückkehren, ist es draußen bereits hell.

Unsere Tante, wie immer sie heißen möge, fällt uns ein, die ebenfalls ohne ersichtlichen Grund von einem Tag zum anderen nicht mehr gehen konnte. Da war der Onkel etwa ein Jahr tot. Im Krankenhaus hat sie sich geweigert, Gehübungen zu machen, und als man sie in ein Rehabilitationszentrum schicken wollte, hat sie abgelehnt. Es sei lächerlich, in ihrem Alter noch einmal gehen zu lernen, hat sie gesagt und dann doch noch fünf oder sechs Jahre im Pflegeheim zugebracht.

An diesem einen Tag werde ich nicht vom Niesanfall der Mutter geweckt. Als ich schließlich gegen zwölf Uhr mittags ins Schlafzimmer der Mutter gehe, liegt sie mit offenen Augen da und stöhnt leise. Sie habe so einen Druck auf der Brust, sagt die Mutter, es sei unerträglich. Diesmal denke ich an eine Lungenentzündung. Ich rufe zum drittenmal den Notarzt. Es ist wieder ein anderer. Der Notarzt diagnostiziert eine starke Bronchitis und verschreibt Penicillin. Ich sage, daß die Mutter allergisch auf Penicillin reagiert, und da verschreibt er ein anderes Antibiotikum. Die Mutter verträgt auch dieses Antibiotikum nicht. Sie erbricht den ganzen Tag. Ich möchte ein viertes Mal den Notarzt holen, aber diesmal verbietet es die Mutter. Ich werde ärgerlich und drohe der Mutter mit dem Krankenhaus.

Die Mutter sagt, sie gehe unter keinen Umständen ins Krankenhaus, und steht auf. Ich halte das für Wahnsinn und sage es der Mutter auch, aber die Mutter ist plötzlich wieder wie ausgewechselt. Sie sagt, es gehe ihr besser und sie wolle die Eiskunstlaufweltmeisterschaften im Fernsehen ansehen. Sie schaut dann tatsächlich, zur Freude meiner Tochter, gemeinsam mit der Tochter die Eiskunstlaufweltmeisterschaften im Fernsehen an.

Am Abend verlangt sie Heringssalat zu essen, aber den bekommt sie nicht. Ich serviere Kamillentee und Zwieback. Strafe muß sein! Die Mutter ißt unter Protest Zwieback und trinkt eine Kanne Kamillentee. Als die Mutter gegen Mitternacht selbständig ins Bett geht, bin ich so erschöpft, daß ich vor Müdigkeit nicht schlafen kann. Ich schaue bis drei Uhr früh im Fernsehen Western an, obwohl mich Western noch nie interessiert haben. Dazwischen nicke ich ein. Danach sitze ich noch eine Stunde im Wohnzimmer und trinke eine Flasche Rotwein. Dabei beschließe ich, auf jeden Fall am nächsten Tag abzureisen. Und das tun meine Tochter und ich dann am nächsten Tag auch.

Man liebt so, wie man das erstemal in seinem Leben geliebt worden ist, heißt es. Das kann man überall lesen. Damit beginnt ja das ganze Dilemma. Im Grunde mit der Geburt. Die erste Liebe ist etwas Einmaliges, unauslöschbar eingebrannt in den Menschen und unwiederholbar. Aus reiner Sentimentalität und wahrscheinlich auch aus Faulheit sehnen sich die meisten Menschen ein Leben lang nach dieser ersten Liebe. Aber sie orientieren sich damit zurück statt nach vorn und enden schließlich bestenfalls in einem geordneten gegenseitigen Versorgungsverhältnis mit einem Partner. Was mit Liebe allerdings wieder nichts zu tun hat, denn der erwachsene Partner ist nun einmal nicht hilflos, und die Geborgenheit, die er empfindet, weil man ihn versorgt, ist eine Regression. Die andere Variante, *amour fou* genannt, läuft letztlich auf das gleiche hinaus. Sie überantwortet sich den eigenen Trieben, die aber, unreflektiert, zerstörerisch sind, da nicht reflektierte Lust nach dem Tod verlangt. Aus Angst vor dem Verlöschen der Lust aus Eigenverschulden wird der Tod als Beendigung der Lust vorgezogen. Und dem Tod wiederum, der schicksalhaft ist, zieht der Mensch seine eigene Handlung vor, als Selbstmord, gegen den Körper gerichtet oder als Unlust gegen den Geist gerichtet. In der Regel bringt der Mensch eher seine Lust als sich selbst um. Ja im Grunde genommen warten die meisten Paare nur darauf, daß ihnen die Lust vergeht, damit sie sich nicht umbringen müssen. Oder sie heiraten.

Wer bereit ist, zu lieben, muß unweigerlich bereit sein, zu leiden, denn bei der Widersprüchlichkeit der menschlichen Existenz ist es schlechterdings unmöglich, ohne zu leiden zu lieben. Die Liebe erfordert daher großen Mut, den größten Mut überhaupt.

Ja, denken wir, sie liebt uns, sonst würde sie uns doch nicht die ganze Zeit anschauen. Sie schaut uns an, denken wir unsere ganze Kindheit lang, weil sie uns liebt. Wenn es uns nicht gefällt, daß sie uns Tag und Nacht anschaut, während wir essen, während wir gehen und laufen, während wir sprechen, spielen, tanzen, lachen, weinen, dann ist es deshalb, weil wir sie nicht genug lieben. Weil wir sie nicht so lieben, wie sie uns liebt, ist es uns unangenehm, daß sie uns immer anschaut, beobachtet, wie wir manchmal denken. Aber dann denken wir gleich, wir bildeten uns nur ein, daß sie uns beobachtet. Sie beobachtet uns aber nicht, denken wir, sondern sie schaut uns an, weil sie uns liebt, weil es ihr Freude macht, uns anzuschauen, während wir essen, trinken, reden, lachen, spielen, laufen, springen, tanzen und schlafen. Und wenn sie sagt: Mach nicht so ein Gesicht, dann denken wir, sie sagt nicht: Mach nicht so ein Gesicht, weil ihr unser Gesicht nicht gefällt, sondern sie sagt: Mach nicht so ein Gesicht, weil sie will, daß wir das schönste Gesicht machen, das wir machen können, damit wir nicht den Eindruck erwecken, wir seien gar nicht so schön, wie wir in Wirklichkeit sind. Wir denken, unsere Mütter wollen, daß wir ein anderes Gesicht machen, damit alle Leute sehen, was für ein Gesicht wir in Wirklichkeit haben und sich nicht täuschen ließen von dem Gesicht, das wir gerade zu dieser oder jener Zeit machen. Wir denken, unsere Mütter wollen, daß alle Menschen jederzeit erkennen, was für ein Gesicht wir in Wirklichkeit haben.

Auch als sie sagte, daß sie sich damals, als sie zum erstenmal mit uns in ihre Geburtsstadt gefahren sei und wir unterwegs Masern bekommen hätten und dann in ihrer Geburtsstadt mit verquollenen Augen, aufgedunsenem Gesicht und Pickeln angekommen seien, so geschämt habe, dachten wir, daß sie sich nicht geschämt habe, weil wir aufgedunsen gewesen seien und verquollene Augen gehabt haben und überall Pickel, sondern daß sie sich geschämt habe, weil nun alle, die uns zum erstenmal sahen, glauben mußten, wir seien ein Kind mit aufgedunsenem Gesicht, verquollenen Augen und Pickeln und nicht das Kind, das sie jeden Tag sah und immer anschaute und das ein Kind ohne verquollene Augen und aufgedunsenes Gesicht und ohne Pickel war. Wir dachten, unsere Mutter wollte, daß alle Menschen in ihrer Geburtsstadt gleich am Bahnhof erkennen sollten, was für ein schönes und wunderbares Kind wir seien, und deshalb schämte sie sich und nicht wegen uns. Wir dachten, eine Mutter, die ihr Kind den ganzen Tag anschaut, so eine Mutter muß ihr Kind lieben, sonst würde sie doch ab und zu einmal woanders hinschauen. Ja, dachten wir in unserer Kindheit, unsere Mutter liebt uns und nur wir lieben sie nicht genug, denn es war uns, so lange wir uns erinnern können, immer lästig, daß unsere Mütter uns Tag und Nacht anschauten. Beobachteten, wie wir dachten.

Meine ganze Kindheit lang konnte ich mich nirgends zurückziehen. Überall ist die Mutter eingedrungen, und zwar ohne zu klopfen. Jederzeit. Ich konnte mein Zimmer nicht zusperren. Damals hatte niemand Zimmerschlüssel. Außer für das Badezimmer, in dem sich auch die Toilette befand. Ich dachte in meiner Kindheit immer, daß ich ein besonders undankbares Kind wäre, weil ich mich am liebsten im Badezimmer einschloß. Ich erinnere mich, daß ich immer so lange wie möglich im Badezimmer eingeschlossen blieb. Manchmal öffnete ich das Fenster, stieg auf den Klodeckel und sah hinaus in den Hinterhof, sah den Ahornbaum dort und die Wiese, hörte Kinder lachen oder weinen, Vögel zwitschern, und von weiter weg, von der Straße her, hörte ich den Autoverkehr und ich war glücklich, weil ich die Wiese sah und den Ahornbaum, das Vogelgezwitscher hörte und den Autolärm. Ich dachte damals, daß es besonders verwerflich sei, daß ich ausgerechnet im Badezimmer, eingeschlossen und ausgeschlossen von meiner Familie, am glücklichsten war. Manchmal war ich auf dem Klodeckel stehend so glücklich, daß ich lachte. Manchmal sah ich mir selbst im Badezimmerspiegel zu, wie ich lachte. Und manchmal lachte ich so laut, daß meine Mutter an die Badezimmertür klopfte und fragte, was los sei. Überhaupt klopfte sie oft an die Badezimmertür, weil ich doch immer so lange im Badezimmer war. Das Badezimmer hatte nur den einen Nachteil, daß die Tür zur Hälfte aus Milchglas war. Ich wußte, daß man durch das Milchglas nicht wirklich etwas erkennen konnte, aber Umrisse einer Person konnte man erkennen und auch Bewegungen. Das beeinträchtigte mein Glück im Badezimmer.

Die Mutter hat Hepatitis C. Aber sie ignoriert die Gefährlichkeit dieser Krankheit. Das ist nichts Außergewöhnliches. Unsere Mütter ignorieren alle gefährlichen Krankheiten. Über ungefährliche Krankheiten wie Ischias, Hexenschuß oder Migräne hingegen, die sie ihr Leben lang plagen und die sie im wesentlichen selbst behandeln, sprechen die Mütter seit je. Auch über Erkältungen, das Jucken in den Beinen, von dem die Ärzte nicht wissen, woher es kommt, oder über die Verdauung. In den Wartezimmern der praktischen Ärzte sitzen tagtäglich unzählige Mütter, die über ihre Frauenbeschwerden, ihre Hühneraugen oder ihre Verdauung sprechen. Und zwar gleichgültig, ob es jemand hören will oder nicht. Sogar in Bussen oder auf Friedhöfen leiern Mütter die Liste ihrer Beschwerden herunter. Niemals werden gefährliche Krankheiten darunter sein. Die gefährlichen Krankheiten unserer Mütter müssen wir selbst entdecken. Täglich, gleich nach dem Aufstehen, beginnen sie statt dessen, über Erkältungen (»Nase juckt«), das Jucken der Beine oder über die Verdauung zu sprechen. Als Kinder haben wir Listen angelegt, in die wir jeden Tag die verschiedenen Krankheiten, über die unsere Mütter geklagt haben, eingetragen haben. Aber, wie gesagt, sie haben stets nur über die ungefährlichen Krankheiten geklagt, über die gefährlichen haben sie geschwiegen.

So wird bei der Mutter anläßlich einer Blutuntersuchung Hepatitis C diagnostiziert. Ich erfahre davon zufällig. Eine Spritze liegt im Wohnzimmer herum. Da meine Tochter noch klein ist und gerne alle Dinge, so auch fremde Löffel und Gabeln, in den Mund steckt, mache ich die Mutter auf die Gefährlichkeit der Krankheit und auch auf die Ansteckungsgefahr aufmerksam. Aber unsere Mütter schlagen ja jede Warnung in den Wind. Sie selbst warnen uns ununterbrochen vor den offensichtlichsten Dingen, *Achtung! ein Auto!* rufen sie, wenn wir die Straße überqueren wollen, als ob wir selbst keine Augen im Kopf hätten, *paß auf,* sagen sie, wenn es geschneit hat, obwohl die einzigen, die Gefahr laufen, bei verschneiten Wegen auszurutschen und zu stürzen, unsere Mütter selbst sind, *paß auf, Vati,* haben sie schon gerufen, als wir noch ein Kind waren und hinten im VW-Käfer saßen und unsere Väter ein anderes Auto überholen wollten, oder sie haben *da ist einer* geschrieen, wenn unsere Väter einen Parkplatz gesucht haben, aber sie haben es immer zu spät geschrieen, wenn unsere Väter längst an dem Parkplatz vorbei waren, *rase doch nicht so*, haben sie dann zu den Vätern gesagt, wenn die an den Parkplätzen vorbeigefahren waren, *tu dir nicht weh*, sagen sie zu unseren Vätern, die sich anschicken, mit Hammer oder Zange oder Schraubenschlüssel Defekte im Haushalt zu reparieren, während die Mütter nur daneben stehen und nichts anrühren. Gibt man ihnen selbst aber einmal den kleinsten Ratschlag, etwa den Fuß beim Gehen höher zu heben oder etwas weniger Butter zum Backen zu verwenden, wird er selbstverständlich nicht zur Kenntnis genommen. Ach was, sagt die Mutter auch, als wir sie auf die Ansteckungsgefahr bei Hepatitis C aufmerksam machen, das kriege sie schon in den Griff. Und tatsächlich injiziert sie sich ein Jahr lang, ohne zu klagen, dreimal wöchentlich Interferon Alpha, immerhin ein Medikament mit schweren Nebenwirkungen. Die Möglichkeit eines tödlichen Ausgangs der Krankheit Hepatitis C ignoriert sie. Sie wird am Ende dann aber tatsächlich an Hepatitis C beziehungsweise an den Folgen dieser Krankheit sterben. Die Leber der Mutter ist – das hat man schon Jahre zuvor bei einer Operation zur Entfernung eines Gallensteines festgestellt – fast vollkommen zerstört, so daß der Tod die Folge eines Leberversagens beziehungsweise eines Organzusammenbruchs sein wird.

Zur Zeit der Diagnose der Krankheit ist meine Tochter ein Jahr alt. Auch damals sind gemeinsame Weihnachten geplant. Ich versuche telephonisch, der Mutter klarzumachen, daß es zu keinem Blutkontakt mit meiner Tochter kommen darf. Die Mutter hat ja wegen des ständigen Juckreizes meist aufgekratzte Beine. Meine Tochter soll auch keine Gabeln oder Löffel der Mutter in den Mund stecken. Außerdem versuche ich der Mutter beizubringen, daß ihre Krankheit tödlich enden kann.

Eines Tages, Jahre nach der Diagnose der Hepatitis-C-Erkrankung und nachdem ich es längst aufgegeben habe, die Mutter über die Gefährlichkeit und die Ansteckungsgefahr ihrer Krankheit aufzuklären, ruft sie plötzlich an. Ich habe gerade eine Fernsehsendung über Hepatitis C gesehen, sagt sie. Ich sage nichts und warte ab. Die behaupten, Hepatitis C könne tödlich sein, sagt die Mutter am Telephon. Ja, sage ich, das sage ich ja seit Jahren, aber die Mutter sagt, niemand habe je davon gesprochen, daß Hepatitis C tödlich sein könne. Auch der Facharzt im Elisabethinenkrankenhaus nicht. Und der sei eine Koryphäe.

Aber auch diese Fernsehsendung hat die Mutter nach kürzester Zeit wieder vergessen. Das heißt ignoriert.

Naturgemäß hängt die Verdrängung bedrohlicher Tatsachen mit den Wahrnehmungsstörungen zusammen. Jemand, der sich auf die Wirklichkeit in keiner

Weise verlassen kann, da er ja nicht die Wirklichkeit, sondern nur seine Vorstellung von der Wirklichkeit wahrnimmt, braucht Orientierungshilfen, um überhaupt überleben zu können. Mit der Wahrnehmungsstörung muß eine Orientierungsstörung einhergehen. Was zur Folge hat, daß derjenige, der an Wahrnehmungsstörung leidet, sich Sätze zurechtzimmert, an denen er sich dann orientieren kann. Daß man von Bergen eine herrliche Aussicht habe zum Beispiel oder daß eine bestimmte Krankheit weder ansteckend noch gefährlich sei oder daß man die eigene Tochter unter Tausenden wiedererkenne. Wenn nun die Wahrnehmung mit dem Orientierungssatz nicht übereinstimmt, dann muß entweder die Wahrnehmung oder der Orientierungssatz gestrichen werden. Der Orientierungssatz kann aber so gut wie nie gestrichen werden, da er ja das einzig Verläßliche ist für jemanden, der sich auf seine Wahrnehmung nicht verlassen kann. Insofern liegt es in der Natur der Sache, daß unsere Mütter uns außerhalb des Familienverbandes nicht erkennen und diese Tatsache dann zeitlebens leugnen. Keine Mutter kennt ihr Kind wirklich.

Meine Eltern hatten eine Sommerwohnung, in Grünau im Almtal. Ich studierte zu der Zeit noch. Es war eine schöne Zeit. Meine Eltern hatten zum erstenmal in ihrem Leben ein anderes Interesse: Grünau. Die Sommerwohnung lag in dem ausgebauten Holzschuppen eines Bauernhauses. Es gab nur ein Zimmer und die Küche. Die Wohnung roch nach warmem Holz. Im Herbst hörte man es hinter den Zimmerwänden rumoren. Das waren die Siebenschläfer, die sich zwischen der Holzverkleidung des Schuppens und den Zimmerwänden ein Winternest gebaut haben.

Wenn ich meine Eltern in ihrer Sommerwohnung besuchte, schlief ich auf einem Klappbett in der Küche. Es gab einen Balkon, auf dem wir frühstückten und zu Abend aßen. Es wurde wenig ferngesehen, weil die Sommerwohnung nicht verkabelt war. Es konnten nur vier Programme empfangen werden. Bei zweien flimmerte das Bild. Die Eltern unternahmen jeden Tag eine Wanderung. Oder sie saßen am Bach, der durch das Grundstück, das zu dem Bauernhof gehörte, floß. Der Vater grub Kuhlen in den Bach, da legte er sich hinein, wenn ihm zu heiß war. Die Mutter und ich lagen auf Sonnenliegen. Wenn ich allein sein wollte, trug ich meine Liege durch den Bach und stellte sie auf der Wiese jenseits des Baches wieder auf, meistens hinter einer Holzhütte, wo meine Mutter mich nicht beobachten konnte, und las. Wenn ich nicht mehr lesen wollte, fuhr ich mit dem Fahrrad nach Grünau. Ich fühlte mich in der Sommerwohnung frei. Abends spielten wir auf dem Balkon Karten oder draußen vor dem Schuppen Tischtennis. Telephon gab es keines.

Eines Tages fuhr ein Studienkollege nach Grünau, um seine Großmutter zu besuchen und ich begleitete ihn. Ich habe die Eltern sonst nie überraschend besucht, weil ich immer froh gewesen bin, wenn ich sie nicht habe besuchen müssen. Ich habe die Eltern nur besucht, nachdem meine Mutter mich angerufen und gesagt hat, daß ich endlich einmal wieder zu Besuch nach Hause kommen sollte. Aber Grünau war etwas anderes.

Ich fuhr also mit dem Studienkollegen nach Grünau. Als wir den Ort durchquerten, sah ich den roten Ford meines Vaters vor dem Supermarkt parken. Der Vater saß hinter dem Steuer und las Zeitung. Ich verabredete mich mit dem Studienkollegen für den späten Nachmittag und betrat den Supermarkt. Die Mutter stand in der Fleischabteilung. Ich tippte der Mutter von hinten auf die Schulter und sagte: Guten Morgen. Die Mutter sah mich kurz an, sagte ebenfalls: Guten Morgen, und wandte sich wieder der Verkäuferin zu.

Wir sind es seit jeher gewöhnt, unsere Mütter anzutippen, am Kleid oder an der Jacke zu ziehen, und die Mütter wenden sich ab. Unsere ganze Kindheit lang haben die Mütter sich abgewandt, wenn wir sie angetippt oder am Kleid gezogen haben. Immer war etwas anderes für unsere Mütter wichtiger als wir. Besonders Verkäuferinnen in Supermärkten oder Nachbarinnen. Einerseits haben unsere Mütter es immer so eilig gehabt beim Einkaufen, daß sie nicht reagierten, wenn wir sie antippten oder am Kleid zogen, andererseits unterhielten sie sich minutenlang mit der Verkäuferin in der Fleischabteilung und unendlich lange mit den Nachbarinnen am Heimweg.

Ich tippte der Mutter also noch einmal auf die Schulter und wiederholte mein »Guten Morgen«. Die Mutter sah mich lange an, dann schüttelte sie den Kopf. Tut mir leid, sagte sie, ich kenne Sie nicht. Doch, sagte ich, wir kennen einander schon lange. Meine Mutter bestellte zuerst noch etwas bei der Verkäuferin, dann erst wandte sie sich wieder mir zu. Sie sah mich wieder lange an, begann zu raten. Kennen wir uns aus Grünau? Vom Kirchenbesuch vielleicht? Nein, sagte ich, nicht aus Grünau und nicht vom Kirchenbesuch. Dann weiß ich nicht recht, sagte meine Mutter. Wir kennen uns seit Ewigkeiten, sagte ich und spürte eine gewisse Anspannung. Aha, sagte da die Mutter, woher denn? Ich nannte die Straße, in der die Wohnung der Eltern lag. Meine Mutter schüttelte den Kopf. Dann lächelte sie plötzlich. Doris, rief sie aus, Sie sind die jüngste Tochter der Frau Dunger? Ich schüttelte stumm den Kopf. Die Mutter schien jetzt ratlos zu sein. Sie fühlte sich offenbar auch ein wenig belästigt. Sie drehte sich wieder von mir weg und überlegte laut, ob sie noch etwas in der Fleischabteilung benötigte. Da nannte ich die vollständige Adresse der Eltern. Mit Hausnummer. Meine Mutter sah mich noch einmal an. Dann hob sie die Hand und strich meine Haare aus der Stirn. Sie hielt sie lange zur Seite, dann ließ sie die Haare wieder in die Stirn fallen. Nein, sagte sie, ich kenne Sie nicht.

Mama, sagte ich da und meine Mutter wurden schneeweiß im Gesicht. Ich hakte sie unter, weil ich befürchtete, daß sie sonst in Ohnmacht fiele.

Es ist dann noch ein ziemliches Theater: Die Mutter sagt, daß sie glaube, wahnsinnig geworden zu sein. Ich sage der Mutter immer wieder, daß sie nicht wahnsinnig geworden sei. Daß es schon mal vorkommen könne, daß man einander nicht erkenne, vor allem, wenn alles so überraschend komme und man nicht damit rechne, den anderen plötzlich im Supermarkt von Grünau anzutreffen. Das beruhigt die Mutter dann ein wenig, und noch am gleichen Nachmittag sagt sie, daß es trotz allem ein wenig merkwürdig sei, wenn man die eigene Tochter nicht sofort erkenne und daß es einer Mutter doch im Blut liege, die eigene Tochter zu erkennen und so weiter und daß auch nach vielen Jahren der Trennung eine Mutter jederzeit ihre Tochter erkenne. Unter Tausenden, ruft die Mutter aus, unter Zehntausenden würde ich meine eigene Tochter erkennen. In der Woche darauf, bei ihrem nächsten Telephonanruf, ist sie bereits überzeugt, daß sie mich nur ein paar Sekunden lang nicht erkannt habe. Weil ich keine Brille, sondern Kontaktlinsen getragen hätte. Auch der Mantel sei neu gewesen.

Noch später hat sie den ganzen Vorfall dann vergessen und erinnert sich überhaupt nicht mehr daran, daß sie mich einmal nicht erkannt hat.

Wenn es zu spät ist, tut es uns leid, daß wir die Wahrnehmungsstörung unserer Mütter nicht früher erkannt haben. Denn unsere Mütter sind einsam. Am schlimmsten ist es beim Fernsehen. Fernsehen ist eine intime Angelegenheit. Bis ins hohe Alter wollen wir mit niemandem fernsehen, den wir nicht sehr gut kennen. Wenn nicht gar lieben. Fernsehen ist in unserer Kindheit und Jugend eine ununterbrochene Verstellung. Wenn wir etwas aufregend finden, dann tun wir so, als würde uns die entsprechende Stelle im Film völlig unberührt lassen, weil es uns zu intim wäre, den Müttern unsere Aufregung zu zeigen. Ebenso wenn wir erschüttert sind oder traurig. Besonders, weil die Mütter selbst immer ihre Gefühle zeigen. Ohne jede Distanz. Die Ablehnung oder die Zustimmung. Alles.

Unsere Mütter können nichts für sich behalten. Weder ihre Gefühlsregungen noch ihre Gedanken. Das ist auch beim Zeitungslesen so. Wenn beide Eltern Zeitung lesen, die Väter den Politikteil, die Mütter den Rest, dann stören die Mütter die Väter ununterbrochen beim Lesen, indem sie Artikel, die sie selbst interessieren, laut vorlesen. Aber sie lesen die Artikel, die meist nur sie selbst interessieren, nicht nur vor, sondern sagen auch ihre Meinung dazu. Die Väter bestätigen die Meinungen der Mütter durch ständiges Kopfnicken. Aber es nützt nichts. Sie kommen nicht zum Lesen. Die Mütter stören sie weiterhin. Natürlich stören sie auch die Kinder, die Bücher lesen oder in die Luft schauen und Ruhe suchen, ununterbrochen mit dem lauten Vorlesen von Zeitungs- oder Zeitschriftenartikeln, woran sie dann ihre Meinungen über die Zeitungs- und Zeitschriftenartikel fügen, so daß nie Stille herrscht in den Familien. Die Mütter sind die Ruhestörer und die Meinungsterroristen der Familien.

Beim Fernsehen kommt es manchmal vor, daß unsere Mütter neben uns auf der Couch sitzen und daß sie plötzlich ihre Hand auf unsere legen. Wir ziehen die Hand sofort weg. Die Mütter akzeptieren das nicht. Sie sagen, daß wir wie Freundinnen zueinander stünden. Aber auch unsere Freundinnen dürfen nie unsere Hand halten. Nur Männer dürfen uns berühren.

Schrecklich ist auch, wenn wir mit unseren Müttern fernsehen und sich im Film ein Paar küßt. Meistens kommt es Gott sei Dank gar nicht soweit. Wenn wir das Gefühl haben, ein Paar im Film könnte sich küssen, gehen wir sowieso sofort aus dem Zimmer. Aber manchmal passiert es eben doch. Plötzlich liegt sich ein Paar in den Armen und küßt sich. Natürlich ist es dann zu spät, aus dem Zimmer zu gehen. Wir wollen ja auf keinen Fall die Aufmerksamkeit der Mütter auf uns ziehen. Unsere Mütter hätten, wenn wir das Zimmer verlassen, weil ein Paar im Film sich küßt, unweigerlich gefragt, ob wir uns denn genierten, im Film ein Paar zu sehen, das sich küßt. Das wollen wir auf jeden Fall vermeiden. Also bleiben wir sitzen und wagen kaum zu atmen, weil uns jedes Atmen in der Situation gleich wie ein Keuchen erscheint. Jedenfalls auffällig. Wir müssen dann vor lauter Nicht-Atmen schlucken, und es gibt nichts Schlimmeres, als mit der eigenen Mutter einen Film anzuschauen, in dem sich ein Paar in den Armen liegt und sich küßt, und dabei laut schlucken zu müssen. Wir husten, damit man das Schlucken nicht hört. Manchmal sagt die Mutter etwas, während sich ein Paar im Fernsehen küßt. Die Mutter sagt zum Beispiel: Muß Liebe schön sein, oder sie sagt: Müssen die denn die ganze Zeit knutschen?

Egal, was unsere Mütter sagen, es ist immer falsch. Die Mütter verraten mit ihrer Prüderie stets die Väter. Neben den prüden Müttern wirken unsere Väter zwangsläufig lüstern. Wir wollen aber keine lüsternen Väter haben. Dabei sind die Mütter selbst die Lüsternen. Durch ihre Prüderie. Was der Nicht-Prüde natürlich findet, findet der Prüde bereits lüstern. Dadurch lenkt er jederzeit die Aufmerksamkeit auf mögliche sexuelle Handlungen. So haben die Mütter uns von den Schößen der Väter vertrieben, auf denen wir so gerne gesessen haben. Wir haben unseren Kopf an ihre Schultern gelegt und unseren Finger unter ihre Ohrläppchen und unsere Münder auf ihre Augenhöhlen. Bis die Mütter uns verboten haben, auf den Schößen unserer Väter zu sitzen und den Kopf an ihre Schulter, den Finger unter ihr Ohrläppchen, den Mund auf ihre Augenhöhlen zu legen. Und ob wir uns in der Folge an das Verbot gehalten haben oder nicht, den Müttern ist es auf jeden Fall stets gelungen, uns den Spaß zu verderben. Statt dessen haben wir jahrelang ertragen müssen, daß unsere Mütter beim Fernsehen ihre Hand auf unsere legen und »Muß Liebe schön sein« sagen, während sich im Film ein Paar in den Armen liegt und küßt. Dadurch entsteht der Ekel vor den Müttern, der bei den Männern Ekel vor den Frauen, bei den Frauen den Selbstekel zur Folge hat. Erst wenn unsere Mütter krank und hilflos geworden sind, überwinden wir unseren Ekel.

Auf der Rückfahrt von der Provinzstadt, aus der ich stamme, in die Großstadt, in der ich mich angesiedelt hatte, nach den Weihnachten, an denen ich dreimal den Notarzt gerufen hatte, und bevor dann drei Tage später die Mutter den Telephonhörer nicht abnahm, so daß ich schließlich telephonisch die Nachbarin verständigte, damit sie nach der Mutter sähe, fühlte ich mich auf der Flucht.

Was habe ich nur für ein Glück, dachte ich die ganze Rückfahrt lang, daß es für mich eine Flucht gibt. Kaum hatte der Zug sich in Bewegung gesetzt, fiel bereits der Druck von meiner Brust ab. Ich konnte auf einmal wieder tief durchatmen. Alles wirkte so beruhigend, weil es vorbeizog. Blaugestrichene Fabrikgebäude, verlassene Kiesgruben, Bauhütten oder Bagger. Kinder, die Rad fuhren, oder Hühner, die in Vorgärten herumflatterten. Je weiter ich mich von meiner Geburtsstadt entfernte, desto glücklicher wurde ich und auch die Landschaft kam mir immer schöner vor. Der Wald, die Felder, die Industrieorte. Der Himmel war bewölkt. Wolkenfetzen rasten tief und schnell über die Landschaft und gaben kornblumenblaue Fetzen Himmel frei. Am schönsten erschienen mir flache Landschaften mit Kiefernwäldern, Sandböden und schnurgeraden Wegen, denn sie erinnerten mich am wenigsten an die Heimatlandschaft.

Zurück in der Großstadt, in der ich seit sechs Jahren lebte, stellte ich fest, daß ich hohes Fieber hatte. Am nächsten Tag wurde eine Lungenentzündung diagnostiziert. Da wußte ich, daß es auch für mich keine Flucht gab.

Und tatsächlich nahm die Mutter dann, zwei Tage nach meiner Abreise, als ich sie abends anrief, den Hörer nicht ab.

Ich erinnerte mich an ein Interview mit einem Schriftsteller, der auf die Frage, was in seinem Leben er bereue, antwortete, er bereue, seine Mutter nicht umgebracht zu haben. Jetzt sei es zu spät, sagte er, da sie bereits tot sei. Leider erinnere ich mich nicht mehr, wie der Schriftsteller geheißen hat.

Trotzdem rief ich die Nachbarin an, die einen Schlüssel zur Wohnung der Mutter hatte, und bat sie, nach der Mutter zu sehen. Eine Stunde später rief die Nachbarin zurück und teilte mir mit, daß meine Mutter ins Krankenhaus eingeliefert worden sei. Die Nachbarin sagte, meine Mutter sei, als sie ihre Wohnung betreten habe, mit Mantel im Fernsehstuhl gesessen und habe vor sich hingestarrt. Auf dem Boden verstreut seien ihr Hut und ihre Handtasche gelegen. Sie habe die Mutter angesprochen, aber diese habe sie nur verwundert angesehen. Sie habe versucht, sagte die Nachbarin, meiner Mutter den Mantel auszuziehen, aber sie sei ganz steif gewesen. Sie sei sicher gewesen, daß die Mutter sie nicht erkannt habe. Sie habe einen furchtbaren Schreck bekommen und die Rettung angerufen. Als die Rettung gekommen sei und der Arzt die Mutter gefragt habe, wie sie heiße, habe sie ihren Namen nicht gewußt, sagte die Nachbarin am Telephon und weinte.

Die Ärztin sagte am Telephon, meine Mutter habe auf dem Weg ins Krankenhaus einen Herzinfarkt erlitten und sei im Krankenhaus bereits klinisch tot gewesen. Sie hätten sie mit Elektroschocks ins Leben zurückgeholt.

Am nächsten Morgen fuhr ich wieder zu meiner Mutter.

Rehabilitation mit dreiundachtzig Jahren? fragte die Ärztin, die müde aussah, und sagte: Nehmen Sie sie nach Hause.

Ich wußte, daß dies von nun an eine unausgesprochene Forderung an mich bleiben würde. Und ich wußte ebenso genau, daß ich meine Mutter nicht zu mir nehmen würde.

Zuerst haben unsere Mütter uns ruiniert, als wir Kinder waren und alle Anlagen gehabt hätten, einmal ein vernünftiger Mensch zu werden, so daß wir, statt ein vernünftiger Mensch zu werden, immer nur Angst gehabt und schließlich aus lauter Angst womöglich geheiratet und selbst Kinder gemacht haben, die wir dann, wenn wir nicht höllisch aufpassen, auch ruinieren, und wenn wir dann völlig ruiniert sind, ängstlich und in jeder Hinsicht überfordert, dann sollen wir auch noch unsere Mütter zu uns nehmen. Unser ganzes Leben lang haben wir versucht, vor unseren Müttern zu fliehen. Zuerst haben wir unser Studienfach danach ausgewählt, was man in unserer Geburtsstadt *nicht* studieren konnte, weil wir immer schon wußten, daß wir so bald als möglich von unserer Geburtsstadt und damit von unseren Müttern wegmüssen, wenn wir nicht ersticken wollen. Später haben wir sogar das Land verlassen, um uns zu retten. Eine Rettung war aber selbstverständlich nicht möglich, denn der Mensch ist nun einmal am empfänglichsten in seiner Kindheit, wo er keine Vergleiche hat und alles ernst nimmt, was er sieht und was man ihm sagt. Aber in letzter Zeit haben wir gemeint, uns doch noch gerettet zu haben, weil die Stadt, in der wir uns am Ende niedergelassen haben, sehr groß ist und weit weg von unserer Geburtsstadt und dort alles anders ist als in unserer ehemaligen Heimatstadt, besonders die Menschen und die Sprache, um schließlich, nach dreißigjähriger Flucht, am Krankenbett unserer Mutter zu stehen und von einer überarbeiteten Ärztin mit fettigen Haaren aufgefordert zu werden, unsere Mutter zu uns zu nehmen.

Ich erklärte der Ärztin, daß ich im Ausland lebte und meine Mutter nicht ins Ausland transportieren könnte und daß ich auch nicht monatelang bei ihr bleiben könnte, weil ich selbst eine siebenjährige Tochter hätte, die in die Schule gehe und mich brauche. Die Ärztin zuckte die Achseln. Sie habe, sagte sie, ihre eigene Mutter sieben Jahre lang zu Hause gepflegt, sie sei deshalb aus der Großstadt in die Provinz gezogen und seither hier im Krankenhaus angestellt. Dann rauchten wir im Ärztezimmer eine Zigarette.

Die Mutter erholte sich in den nächsten drei Tagen recht gut. Sie wurde von der Intensivstation in die Interne überstellt. Dort, hieß es, werde sie mindestens drei Wochen bleiben. Ich reiste nach vier Tagen wieder ab. Von da an fuhr ich ein halbes Jahr lang alle zwei Wochen für zwei oder drei Tage in meine Geburtsstadt. Und jedesmal, wenn ich wieder zurückkehrte in die Stadt, in der ich mich vor sechs Jahren angesiedelt hatte, fühlte ich mich auf der Flucht.

Vom Ausland aus telephonierte ich den ganzen Tag mit Österreich. Mit verschiedenen Ärzten, mit Bekannten und Verwandten, mit Rehabilitationsstationen, Pflegeheimen, tschechischen Krankenschwestern, Pensionsversicherungsanstalten, Anwälten, Sozialarbeitern und so weiter. Von der Putzfrau der Mutter erfuhr ich, daß die Mutter am Tag vor der Einlieferung ins Krankenhaus sehr schlecht ausgesehen habe. Die Putzfrau hatte der Mutter geraten, nicht auszugehen und den Hausarzt kommen zu lassen. Aber die Mutter habe gesagt, daß sie unbedingt zur Sparkasse gehen müsse. Danach habe sie nichts mehr von der Mutter gehört.

Meine Mutter sprach mit der Zeit dann wieder am Telephon, sagte, es gehe ihr schlecht. Wann kommst du, fragte sie immer wieder. Und: Ich habe Sehnsucht nach dir. Ich fuhr wieder in die alte Heimatstadt. Dort erzählte die Mutter, die inzwischen an meinem Arm bis zur Toilette gehen konnte, sie sei am ersten Tag nach den Weihnachtsfeiertagen beim Verlassen der Sparkasse gestürzt. Ein junger Mann habe ihr aufgeholfen. Aber es sei nicht leicht gewesen für den jungen Mann, ihr zu helfen. Sie habe sehr lange gebraucht, um aufstehen zu können. Und dann noch einmal sehr lange, um an seinem Arm bis nach Hause zu gehen. Daheim habe sie dem jungen Mann tausend Schilling gegeben. Sie wisse auch nicht, warum man sie ins Krankenhaus transportiert habe. Warum, fragte ich meine Mutter, bist du überhaupt zur Sparkasse gegangen? Die Mutter antwortete, daß ich doch wissen müßte, daß sie während meiner Anwesenheit zu Weihnachten von der Nachbarin dreitausend Schilling geliehen habe und daß man Schulden so schnell wie möglich zurückzahlen müsse. Aber die Mutter hatte während meiner Anwesenheit zu Weihnachten keine dreitausend Schilling von der Nachbarin geliehen.

Unsere Mütter haben sich schon seit langem angewöhnt, alles und jeden zu bezahlen. Wenn sie ins Krankenhaus gehen müssen, stecken sie den Krankenschwestern, gehen sie zum Arzt, sogar dem Arzt Geld zu. Sie geben Taxifahrern und Kellnern unverhältnismäßig hohe Trinkgelder und versuchen sogar Bekannte und Freunde für den kleinsten Freundschaftsdienst zu bezahlen. Sie wollen niemandem etwas schuldig sein und auf keinen Fall wollen sie durch einen Freundschaftsdienst jemandem verpflichtet sein. Naturgemäß auch uns nicht. Sie wollen einen Freundschaftsdienst nicht mit Freundlichkeit, sondern mit Geld zurückzahlen. Damit ist die Freundschaft erledigt. Unsere Mütter können keine Freundschaften pflegen. Wegen den Verpflichtungen. Sie werden sogar richtiggehend wütend, wenn jemand für sie etwas tun will, den sie nicht bezahlen können. Uns zum Beispiel. Deshalb stecken die Mütter uns bis ins hohe Alter bei jedem Besuch Geld zu, egal, wieviel wir selbst verdienen. Wir haben es längst aufgegeben, Geld von unseren Müttern zurückzuweisen.

Als ich diesmal wieder abreiste, war die Mutter zuversichtlich, nach ein paar Wochen nach Hause zu kommen. Aus heiterem Himmel rief mich die Ärztin an und teilte mir mit, daß die Mutter in drei Tagen entlassen werde. Es sei kein Platz mehr frei auf der Station. Ich fragte die Ärztin, ob die Mutter sich denn zu Hause allein versorgen könne, was sie verneinte.

Die Mutter wurde dann doch auf die gerontologische Abteilung eines anderen Krankenhauses überstellt. Dort ging es ihr rapide schlechter. Ich fuhr wieder in meine Geburtsstadt und saß noch in derselben Nacht am Bett der Mutter. Die Mutter war ganz schmal im Gesicht und sprach leise. Sie hatte Durst, bekam aber nichts zu trinken, weil sich Wasser in ihrem Bauch gesammelt hatte. Der Oberarzt gab der Mutter noch zwei, höchstens drei Tage. Ich blieb über Nacht bei meiner Mutter und hielt ihre Hand. Sie lächelte im Schlaf.

Wir werden erwachsen, wenn die Mütter sterben. Wir kümmern uns um einen Pflegeheimplatz für unsere Mütter, auch wenn das zunächst fast unmöglich erscheint. Es erscheint uns so, als wollte niemand unsere Mutter. Das ist aber nicht wahr. Die Wahrheit ist, daß es zu wenig Pflegeplätze gibt. Und daß wir Geschick und Ausdauer brauchen, um den Weg zu finden, wie die Mutter dann doch in dem Pflegeheim aufgenommen wird. Wir müssen viele Dinge erledigen, bis es soweit ist, und zwar in der richtigen Reihenfolge. Wir brauchen Geduld, Ausdauer und Selbstsicherheit, um das zu tun. Und Beziehungen, Fürsprecher, die richtigen Leute. Finden wir die richtigen Leute nicht, verkommt die Mutter, wird hin- und hergeschoben, bis sie stirbt. Das wollen wir nicht zulassen. Auch nicht, daß man uns die Mutter zuschiebt. Denn wir können es nun einmal nicht aufnehmen mit dem Leben unserer Mütter.

Die Zeichen des Siechtums stoßen uns nicht ab. Im Gegenteil. Erst da beginnen wir, den Körper der Mutter zu mögen. Im Siechtum haben unsere Mütter eine Würde, die sie gesund nicht gehabt haben. Immer haben die Mütter nach dem Essen noch bei Tisch die Prothese aus dem Mund genommen und abgeschleckt. Sie haben dabei eine Hand vor den Mund gehalten, so wie man eine Hand vorhält, wenn man einen Zahnstocher benutzt. Wir haben unsere Mütter immer wieder gebeten, ins Badezimmer zu gehen zum Reinigen der Zahnprothese, aber die Mütter haben nur ausgerufen: Warum denn, wir sind doch unter uns. Auch daß unsere Mütter sich immer im Wohnzimmer vor unseren Augen ausgezogen haben, hat uns ein Leben lang gestört. Oder daß der Vater der Mutter den Rücken gekratzt hat. Oder daß sie immer so nahe an der Telephonmuschel telephoniert hat, daß ihr Mund die Telephonmuschel berührt hat. Und daß sie sich nie die Hände gewaschen hat vor dem Kochen. Und daß sie die Wohnung so selten gelüftet hat. Oder daß überall Lebensmittelmotten herumgeflogen sind. Oder daß die Mutter, wenn sie auf die Toilette gegangen ist, nie abgesperrt hat. Und daß überall zusammengeknüllte Taschentücher herumgelegen haben. Und daß sie immer »Nase juckt« gesagt hat, bevor sie sich die Nase gerieben hat. Und daß sie nie ein bestimmtes, sondern immer irgendein Handtuch im Badezimmer benutzt hat. Und daß sie sich die Beine blutig gekratzt hat, wenn sie gejuckt haben.

Vielleicht lassen wir ja unsere Mütter nicht sterben, sondern pflegen sie daheim oder in den Heimen, weil wir keine toten Mütter, sondern siechende Mütter brauchen, um uns mit ihnen zu versöhnen. Die siechenden Mütter sind endlich hilflos und wir können zum erstenmal in unserem Leben etwas für sie tun.

Gesunde Mütter wollen nicht, daß wir etwas für sie tun. Du brauchst nichts tun, sagen die Mütter, wenn wir ihnen helfen wollen. Hauptsache, sagen die Mütter, du bist hier. Unseren Müttern ist es am liebsten, wenn wir gar nichts tun. Auch die Mütter selbst tun am liebsten gar nichts. Sie sitzen am liebsten im Wohnzimmer in ihrem Fernsehstuhl und unterhalten sich. Das Problem ist nur, daß wir nicht wissen, worüber wir uns eigentlich unterhalten könnten. Das heißt, unsere Mütter wissen schon, worüber sie sich mit uns unterhalten wollen, aber die Antworten, die wir den Müttern geben, gefallen ihnen nie. Wir sind in so gut wie jeder Angelegenheit anderer Meinung als unsere Mütter. Wenn die Mütter etwas erzählen, interessiert uns das in der Regel nicht. Wir kennen die meisten Menschen, von denen sie sprechen, nicht einmal und das Leben der Filmstars und Mitglieder verschiedener Königshäuser, das unsere Mütter in diversen Frauenzeitschriften Tag für Tag verfolgen, interessiert uns auch nicht. Wir schaffen es nicht, so zu tun, als ob es uns interessierte. Es ist deshalb immer quälend, ganze Vormittage und Nachmittage und Abende im Wohnzimmer zu sitzen und Geschichten über Menschen zu hören, die wir gar nicht kennen, oder über Filmstars und Mitglieder verschiedener Königshäuser, die uns nicht interessieren. Dazu essen und trinken wir den ganzen Tag. Sobald wir ein paar Tage zu Besuch in unserem Elternhaus verbracht haben, befällt uns eine lähmende Müdigkeit. Wir werden so müde, daß wir am Ende freiwillig stundenlang im Wohnzimmer sitzen, weil wir nicht mehr die Kraft haben, auch nur für drei Stunden unsere Freunde zu besuchen oder gar für einen Tag zur Probe unseres Theaterstücks nach Stuttgart zu fahren. Nur wenn die Mütter ins Bett gegangen sind, verfliegt schlagartig die Müdigkeit. Meistens sehen wir dann entweder bis in die Morgenstunden fern oder wir lesen einen der vielen Bestseller der Buchgemeinschaft, bei der die Eltern Mitglied sind. Danach wälzen wir uns stundenlang schlaflos im Bett.

Schon in unserer Kindheit sind es die Mütter, die jede Aktivität verhindern wollen. Der Vater möchte am Wochenende wandern oder Schi fahren, die Mutter hat tausend Gründe, warum es besser ist, zu Hause zu bleiben. Entweder das Wetter ist nicht gut genug, zu kalt oder zu warm oder zu regnerisch, oder sie hat Ischias oder glaubt, daß sie Ischias bekommen wird, wenn sie sich zu viel bewegt oder das Wetter zu kalt oder zu feucht ist. Selbst wenn die Väter sich durchgesetzt haben und wir zu einer Wanderung aufbrechen, versuchen die Mütter noch regelmäßig, die Wanderung zu verkürzen. Wenn auch nur eine einzige Wolke am Himmel auftaucht, sprechen sie von einem drohenden Gewitter oder von Schnee- oder Hagelgefahr und versuchen, den Vater zum Umkehren zu bewegen. (Wir sind auch meistens fürs Umkehren, weil wir in unserer Kindheit und Jugend stets von dieser bleiernen Müdigkeit befallen sind.)

Nachdem unsere Mutter krank und siech geworden ist, verschwindet die Müdigkeit. Es gibt genug zu tun.

Wir neigen dazu, in solchen Situationen allen möglichen Menschen die Schuld zu geben. Dem Arzt, der der Mutter nichts zu trinken gibt, bis sie fast ausgetrocknet ist, der Ärztin, die die Mutter wieder ins Leben zurückholt und dann nicht weiß, wohin mit der Mutter, der Leiterin des Altenheimes, die sagt, ohne Nachweis eines Pflegegelderhalts sei es nicht möglich, einen Antrag auf Aufnahme ins Pflegeheim zu stellen, der Angestellten der Pensionsversicherungsanstalt, die erklärt, um Pflegegeldantrag zu stellen, müsse der Antragstellende von einem Vertragsarzt untersucht werden, dem Vertragsarzt, der sagt, er dürfe die Untersuchung nicht in einem Krankenhaus, sondern nur zu Hause vornehmen. Der Sozialarbeiterin, die sagt, der Vertragsarzt dürfe die Untersuchung nur in der Wohnung der Patientin oder auf der gerontologischen Abteilung eines Krankenhauses vornehmen, der Ärztin, die die Mutter nicht mehr auf die gerontologische Abteilung überweisen will, weil die Mutter dort fast gestorben wäre, dem Oberarzt, der die Mutter dann doch wieder auf die gerontologische Abteilung überweist, wo es der Mutter sofort wieder schlechter geht, der Cousine, die anruft, um über die grauenhaften Zustände auf der gerontologischen Abteilung Bescheid zu geben, der gerontologischen Abteilung, auf der solche Zustände herrschen, der Ärztin, die sagt, niemand übernehme mehr die Verantwortung für die alten Menschen, der Freundin, die noch immer nicht mit der Sozialbeauftragten der Stadt gesprochen hat. In Wirklichkeit ist der Tod schuld. Und das Siechtum. Und die Einsamkeit. Und daß die Zeit vergeht.

Manchmal haben wir nicht die Kraft, die Wahrnehmungsstörungen unserer Mütter zu bedenken. Wir denken dann, unsere Mütter haben uns nie gesehen, wie wir wirklich sind. Unsere Mütter haben uns nie beachtet. Haben uns nie erkannt. Manchmal denken wir, alles war ihnen wichtiger als wir. Jeder Nachbar war ihnen wichtiger, jede Familienfeier, jeder Eindruck, den andere von uns hatten. Wir denken, der Eindruck, den jeder einzelne Lehrer von uns hatte, war ihnen wichtiger als wir, der Eindruck, den sie auf irgendeinen Arzt machten, war ihnen immer schon wichtiger als unser Wohlbefinden. Es war ihnen viel wichtiger, was andere über uns sagen, als das, was wir selbst sagen. Immer, wenn wir einen Mann nach Hause gebracht haben, waren unsere Mütter entsetzt. Was werden die Leute dazu sagen, haben sie gesagt und die langen Haare oder die kurzen Haare oder die Turnschuhe oder die Lackschuhe des Mannes kritisiert. Und wenn wir uns von diesem Mann getrennt haben, dann war es ihnen auch wieder nicht recht. Bei keinem bleibst du länger als ein Jahr, sagen sie, oder sie sagen, was sollen bloß die Leute dazu sagen, daß du die Männer wie Hemden wechselst. Wir können es ihnen naturgemäß nicht recht machen. Werden wir Lehrer, bedauern unsere Mütter, daß wir keine Rechtsanwälte geworden sind, sind wir Rechtsanwälte geworden, sprechen sie von den Vorteilen einer Beamtenlaufbahn. Unsere Hörspiele bezeichnen sie als *Blabla*, unsere Theaterstücke als pervers und wenn sie einmal einen Roman von uns gelesen haben, fragen sie uns, ob wir denn glauben, daß das jemanden interessiert. Wir denken manchmal, unsere Mütter würden uns eher leiden lassen, als den Arzt in seiner Mittagspause zu stören, sie würden lieber unsere Kinder anstecken, als darauf zu verzichten, sie zu sehen, sie würden es vorziehen, unsere Literatur würde nicht gedruckt, als zu lesen, was wir schreiben, sie würden uns lieber gar nicht sehen, als so, wie wir sind. Manchmal denken wir, unsere Mütter haben uns immer verraten. Als wir Masern hatten und Flecken im Gesicht, haben sie uns verraten, als wir Blue jeans trugen und Fransenstiefel, haben sie uns verraten und in der Nacht, wenn wir Angst hatten. Sie haben von Anfang an die Unwahrheit über uns erzählt. Sie haben erzählt, wir seien gutaussehend, fleißig, tüchtig und gescheit. Sie haben erzählt, wir seien ausgeglichen. Wir hätten einen ausgezeichneten Posten irgendwo, wir seien glücklich verheiratet, hätten ein schönes Haus und liebten unsere Kinder. Sie haben allen so lange die Unwahrheit über uns erzählt, bis wir unter Zugzwang standen.

Die Möbel im Pflegeheimzimmer sind hell und funktionell. Ich hänge die Lieblingskleider meiner Mutter in den hellen, großen Einbauschrank und lege ihre Lieblingspullover in die Regale und ihre Unterwäsche in die Laden und ihre Lieblingsgläser stelle ich in den Geschirrschrank. Auch ihre holzgeschnitzte Lieblingstruhe transportiere ich ins Pflegeheim. Ich stelle sie unter dem Fenster auf und lege Fotoalben, Dokumente, Briefe und Postkarten hinein.

Es ist alles so unwirklich. Dieser große Raum mit einer Fensterfront auf den Park, man kann sogar die Berge am Horizont sehen. Alles ist neu gestrichen, die Wände weiß, Gott sei Dank, es hätten ja auch grüne oder blaue Wände sein können, wer weiß, was denen alles so einfällt. Aber die Wände sind weiß und das Bett steht so, daß die Mutter vom Bett aus die Landschaft sehen kann. Wenn sie überhaupt noch etwas wahrnimmt. Ich weiß nicht, was meine Mutter noch wahrnimmt. Aber sie lächelt. Sie lächelt die ganze Zeit. Der Fernsehapparat steht am Bettende in einer Höhe, daß die Mutter liegend fernsehen kann. Von der Sitzecke an der rechten Zimmerwand aus hat sie ebenfalls eine gute Sicht auf den Bildschirm. Den häßlichen Fernsehstuhl, in dem die Mutter zu Hause so gern gesessen hat und in dem auch der Vater so gerne gesessen hat, als er noch lebte, und in dem auch meine Tochter immer so gern gesessen hat, habe ich mit Freunden ins Pflegeheim transportiert. Wir haben ihn in die Sitzecke gestellt. Wenn man auf einen Knopf auf der Armlehne drückt, schnellt eine Fußbank hervor. In dem großen lichten Zimmer im Pflegeheim schaut der Fernsehstuhl gar nicht mehr so monströs aus wie daheim in unserem düsteren Wohnzimmer. Nur daß die Mutter ihn hier kaum benutzt. Ein paarmal schaffe ich sie noch dorthin. Aus dem Bett raus, in den Rollstuhl rein und von dem Rollstuhl in den Fernsehsessel. Das ist eine Mühe. Aber die Mutter lächelt.

Der Weg von unserer Wohnung ins Pflegeheim ist nicht weit. Nur über die Straße hinüber, den Park steil hinauf, durch den ersten Trakt des Altersheims, durch einen langen Gang, mit einem Lift hinauf, ein paar Schritte durch einen Garten und dann in den neuen hellen Pflegetrakt mit den vielen Glasfenstern und den Bildern an den Wänden, vorbei am Friseur, am Gymnastikraum und wieder mit dem Lift hinauf in den ersten Stock, wo das Zimmer der Mutter liegt. Ich trage die Kleider und Gläser und Bücher und Fotoalben mit Rucksäcken, Taschen und Koffern von unserer Wohnung über die Straße hinauf in das Zimmer der Mutter, auch wenn sie nicht mehr aufstehen und in den Dokumenten und Fotoalben blättern und keine Gläser mehr auf den Tisch stellen und keine Kleider mehr auswählen kann. Ich gehe immer wieder hin und her mit Hammer und Nägeln und Brotdose und Küchengeräten aus unserer Wohnung. Es soll das wichtigste im Pflegeheim sein. Das ist mein Ziel. Eine neue Wohnung, in der es Nägel gibt und einen Hammer, Gläser und Teller und Schüsseln zum Bewirten von Gästen, Blumenvasen und Bilder, Tischdecken und Zierdecken, alles, was die Mutter braucht, um dort zu leben. Mein Ziel ist ein unter den gegebenen Umständen möglichst vollständiger Umzug. Ein Neubeginn. Ich schaffe die Einkaufstasche mit Rollen in das Zimmer meiner Mutter im Pflegeheim und den Koffer, den sie selbst gekauft hat, als sie ein Jahr zuvor ein letztes Mal ihre Verwandten in Deutschland besucht hat. Ich hänge auch das gerahmte Foto, auf dem mein Vater, meine Mutter und ich auf dem Balkon unserer Wohnung stehen und zum Pflegeheim schauen, das in unserem Wohnzimmer gehangen hat, auf, und das Foto meiner Tochter, das im Eßzimmer hing, und das Ölbild mit den Birken, das im Kabinett hing, und auch das mit dem blauen Blumenstrauß in der grünen Vase, das die Tante Juli gemalt hat und das im Schlafzimmer über dem Bett der Eltern hing. Die Lieblingstischdecke meiner Mutter kommt auf den neuen Eßtisch im Pflegeheim und jeden Tag, den ich im Pflegeheim bin, kommt eine neue Tischdecke auf den Eßtisch und wenn das Essen kommt, helfe ich der Mutter aus dem Bett in den Rollstuhl hinein und wir essen gemeinsam am Eßtisch so wie immer. Nur daß die Mutter nicht mehr alleine essen kann. Ich füttere sie und sie lächelt und ißt langsam und wenn nur der kleinste Brösel in ihrem Mundwinkel hängengeblieben ist, fährt sie ganz langsam mit der Hand zum Mund und wischt ihn mit der Serviette weg. Die Zeit bleibt stehen und die Sonne scheint fast immer und Staubflocken wirbeln in den Strahlen, die durch die Fensterfront zum Eßtisch fallen. Das Haar meiner Mutter ist schütter, aber so weich und es glänzt in letzter Zeit merkwürdigerweise wie vorher nie. Wenn die kleinste Strähne vom Kopf wegsteht, richtet sie das Haar mit ihren Händen und ich hole immer wieder die Bürste und frisiere sie. Sie spricht kaum. Nur wenn ich in der Früh und dann am Nachmittag noch einmal komme, lächelt sie und sagt: Da bist du ja schon wieder. Ich glaube, sie ist glücklich. Und es ist ganz gleichgültig, ob sie mich wirklich erkennt oder nicht.

Ich bin zwei Wochen in meiner ehemaligen Heimatstadt, um die Wohnung meiner Mutter aufzulösen. Sie weiß zunächst nicht, daß ich die Wohnung auflöse. Ich glaube, sie glaubt, daß sie im Krankenhaus oder in einem Sanatorium ist. Ich glaube, sie glaubt, daß sie eines Tages in ihre Wohnung zurückkehrt. Ich hätte sie in dem Glauben lassen sollen. Es tut mir jetzt leid, daß ich sie nicht in dem Glauben gelassen habe. Sie sagt ja nicht, daß sie hofft, in ihre Wohnung zurückzukehren, sie klammert sich an nichts, auch nicht an mich und nicht an die Dinge. Sie liegt nur da und lächelt, und die Sonne fällt je nach Tageszeit auf ihr Bett, auf die Sitzecke, auf die Truhe mit den Fotoalben oder auf das Bild mit der Birke, die dann golden aufleuchtet und wieder erlischt. Alles an dem Zimmer ist angenehm. Funktionell. Hell. Sanft. Still. Die Fenster und Türen schließen so gut, daß kein Laut in das Zimmer kommt. Auch nicht von den Gängen. Nie höre ich einen alten Menschen schreien oder jammern in dem Pflegeheim, es ist still. Am Nachmittag, wenn es warm ist, öffne ich das Fenster und wir hören von weit weg die Geräusche der Autos von der Straße und das Zwitschern der vielen Vögel im Park. Wenn es ihr gutgeht, fahren wir im Rollstuhl in den Park oder ins Café. Einmal trinkt die Mutter ein Glas Wein. Ihre Wangen verfärben sich ein wenig und die Augen glänzen. Aber es strengt sie an, so viele Menschen zu sehen. Sie schließt die Augen. Wir fahren zurück in ihr Zimmer. Die Mutter sitzt im Rollstuhl vor der Fensterfront und schaut in den Park. Ich drehe das Radio an und wir hören Musik. Ich nähe kleine Leinenschildchen mit dem Namen meiner Mutter in ihre Kleider. Sie sitzt einfach nur da, die Hände im Schoß. Manchmal schaut sie mich an und lächelt.

Wenn ich in der Früh in der Wohnung meiner Mutter, die ich gerade auflöse, aufwache, dann schaue ich gleich zum Fenster hinaus auf das Pflegeheim, das ich vom Bett aus hinter hohen Pappeln sehen kann. Wenn ich in der Wohnung herumgehe, sehe ich das Sofa, auf dem sie gesessen hat, den Tisch, den sie noch zwei Jahre zuvor neu gekauft hat und der eigentlich genauso aussieht wie der Tisch vorher, ich schaue die Wandverbauung an, die sie noch zu Lebzeiten des Vaters gekauft hat. Damals habe ich das unnötig gefunden, aber nun rührt sie mich, diese riesige Wandverbauung, viel zu groß für unser Wohnzimmer, viel zu viel Glas und Aufbauten, viel zu wuchtig. Viel zu teuer. Überall denke ich an sie. In der Küche muß ich daran denken, wie die Mutter im Sommer immer ein Brett bereitstehen hatte, mit dem sie die Wespen aus der Küche verjagt hat. Sie hat immer gesagt, jede Wespe kommt genau dreimal zurück, wenn man sie verjagt und dann nicht mehr. Sie hat gesagt, das erstemal muß man Wespen mit der Hand verjagen, das zweitemal muß man ihnen mit einem Brett auf den Kopf schlagen, dann fliegen sie in weitem Bogen aus dem Fenster und kommen ein drittes Mal zurück und dann muß man ihnen noch einmal mit einem Brett auf den Kopf schlagen, dann fliegen sie waagerecht in die Landschaft hinaus und kommen nie mehr zurück.

Ich habe gedacht, es macht meiner Mutter nichts aus, daß ich die Wohnung auflöse. Ich habe gedacht, das neue Zimmer gefällt ihr bestimmt besser als die düstere Wohnung mit all den Dingen darin, die man reinigen muß. Ich habe gedacht, es ist eine Erleichterung. Einmal hat die Mutter erzählt, wie sie, da hat der Vater noch gelebt und sie ist täglich denselben Weg ins Pflegeheim gegangen, den ich nun täglich gehe, zu Mittag Spinat gekocht hat und dann mit dem Teller Spinat, den sie randvoll gefüllt hatte, ins Eßzimmer gegangen ist. Aber sie konnte den mit Spinat randvoll gefüllten Teller nicht ruhig tragen, hat zu zittern begonnen, und auf einmal ist ihr der randvoll mit Spinat gefüllte Teller aus der Hand geglitten und überallhin ins Wohnzimmer ist der Spinat gespritzt. Ich dachte, meine Mutter ist froh, daß sie keine randvoll mit Spinat gefüllten Teller mehr von der Küche ins Wohnzimmer tragen muß, wenn sie doch gar nicht mehr gehen kann.

Meine Mutter sagt nicht, daß sie glaubt, eines Tages wieder gehen zu können. Sie sagt auch nicht, daß sie zurück in ihre Wohnung will. Ich habe den Eindruck, die Mutter ist froh, daß sie nicht in ihrer Wohnung sein muß, wo doch alles viel schwerer ist dort und dunkler und alles sie daran erinnern würde, daß sie nicht mehr gehen und kochen und sich auch selbst nicht mehr waschen kann. Aber als ich ihr sage, daß ich im Begriff bin, ihre Wohnung aufzulösen, da verschwindet das wunderbare, neue Lächeln aus ihrem Gesicht. Wahrscheinlich hat sie gedacht, sie ist nur vorübergehend in dem schönen, hellen Zimmer und dieses Vorübergehende hätte Jahre dauern können, das ist mein Eindruck, sie hätte nicht darauf bestanden, zurückzukehren in ihre Wohnung, sie hätte wahrscheinlich sogar die Wohnung nie mehr erwähnt, ja, ich bin sicher, es hätte sie nicht einmal beruhigt, zu wissen, daß es sie gibt. Es hat sie nur beunruhigt, zu wissen, daß es sie nicht mehr gibt. Schon kurz nachdem ich der Mutter gesagt habe, daß ich die Wohnung auflöse, lächelt sie wieder, aber ihr Lächeln ist von da an getrübt. Es ist ein Schatten auf ihrem Lächeln, oder vielleicht bilde ich mir das auch nur ein oder es war von Anfang an ein Schatten auf ihrem Lächeln, den ich aber nicht gesehen hatte, weil ich so froh war, daß sie überhaupt lächelt. Sie hat nicht viel gelächelt in ihrem Leben. Und wenn sie gelächelt hat, dann war es immer ein Lächeln, von dem sie dachte, daß man es lächeln muß, es war ein Lächeln, das dem Bild, das sie sich von ihrem Lächeln gemacht hatte, angepaßt war, und nicht ihr eigenes Lächeln. Aber später habe ich den Schatten auf dem Lächeln auch auf dem Foto gesehen, das sie gleich nach der Einlieferung im Pflegeheim von der Mutter gemacht und an ihre Türe geheftet haben. Der Schatten kann auch von der Anstrengung verstärkt worden sein, die das Lächeln meine Mutter gekostet hat.

Ich weiß nicht, in welcher Welt sie lebt, seit sie im Pflegeheim ist und so tief aus sich heraus lächelt, ob nun ein Schatten darauf liegt oder nicht und ob dieser Schatten von der Anstrengung kommt, die sie das Lächeln kostet oder nicht. Aber ich glaube, es ist eine sanfte Welt. Vielleicht eine Welt aus Licht und Schatten. Vielleicht eine Welt ohne Zeit. Vielleicht ist es ein Verharren und gleichzeitig ein Loslassen, ein sanftes Leben in einem Meer aus Begrenzung. Vielleicht ist es ein sanfter Abschied. Eine Versöhnung ist es sicher. Ich glaube, es ist auch eine relativ schmerzfreie Zeit.

Manchmal, wenn ich die Mutter aus dem Bett hebe und in den Rollstuhl setze, verzieht sie das Gesicht, so wie auch der Vater das Gesicht verzogen hat, wenn ich ihn aus dem Bett in den Rollstuhl gesetzt habe, aber nie wehrt sie sich wie er dagegen. Der Vater, der zum Schluß so mager und leicht gewesen ist, war kaum aus dem Bett in den Rollstuhl zu kriegen, weil er sich so gewehrt hat. Jede Bewegung, die dazu angetan war, ihn aus einer Lage in die andere zu befördern, hat er abgewehrt. Er hat sich gegen jede Bewegung gestemmt, so daß man ihm weh tun mußte, um ihn aufzusetzen, umzudrehen, ihm aufzuhelfen.

Die Mutter hilft bei den Bewegungen mit, so gut sie eben kann. Viel kann sie nicht tun, sie wirkt sehr schwach. Sie ist sehr schwach und sehr tapfer. Sogar zum Friseur läßt sie sich bringen. Das ist zwei Tage vor ihrem Tod. Ich frage sie, ob ich sie beim Friseur anmelden soll und sie lächelt und nickt. Ich fahre sie im Rollstuhl hinunter zum Friseur und gehe nach Hause, um weiter in der Wohnung zu arbeiten. Es gibt so viel zu ordnen, auszusortieren, wegzuwerfen, aufzuheben. Nach drei Stunden komme ich zurück. Sie sitzt immer noch beim Friseur. Ganz tief in ihrem Rollstuhl drin. Ich sehe, daß sie sich kaum noch aufrecht halten kann. Ich sehe, daß sie am Ende ihrer Kräfte ist. Aber sie ist so schön mit ihrer neuen Frisur und den gefärbten Haaren. Sie sieht aus wie eine müde sechzigjährige Frau und nicht wie eine sterbende Dreiundachtzigjährige. Nein, nie hätte ich gedacht, daß sie so bald stirbt. Ich habe sie in ihr Zimmer zurückgefahren und ins Bett gelegt und sie ist sofort eingeschlafen. Ich bin am Fenster gesessen, habe ihren Namen in ihre Kleider genäht und ab und zu hab ich zu ihr hinübergeschaut, wie sie daliegt und schläft. Schlafend hat sie so schön ausgesehen wie sonst nur die Kinder.

Ist meine Mutter gestorben, weil ich ihre Wohnung aufgelöst und ihr gesagt habe, daß ich nach Italien ziehen werde? Hätte sie weitergelebt, wenn ich bei ihr geblieben wäre? Ich glaube schon. Ich glaube, dann hätte sie noch eine Weile gelebt.

Manchmal komme ich nach dem Abendessen noch einmal ins Pflegeheim und wir schauen zusammen einen Film im Fernsehen an. Ich weiß nicht, ob die Mutter versteht, worum es in dem Film geht. Es ist auch egal. Ich verstehe auch die meisten Filme, die wir zusammen anschauen, nicht. Es ist schön, daß wir noch einmal miteinander fernsehen können, ohne daß es zu intim ist. Manchmal halte ich jetzt ihre Hand.

Die Mutter hat nicht so viel gegessen wie der Vater am Ende. Der Vater hatte alles gegessen, was man ihm gegeben hatte. Die Mutter hat oft nichts essen wollen. Wenn sie gegessen hat, hat sie wenig gegessen, sie hat langsam gekaut und vorsichtig geschluckt. Es war schön, ihr beim Essen zuzuschauen. Die Schwestern und Pfleger haben sie gemocht. Sie haben die Fotos und Bilder an den Wänden angeschaut und manchmal ist einer der Pfleger gekommen (es war der, der sie später tot im Bett gefunden hat) und hat ein Buch von ihr ausgeliehen. Er hat es immer nach kurzer Zeit wieder zurückgebracht und genau an die Stelle gestellt, an der es vorher stand. Sie haben der Mutter täglich ein neues T-Shirt angezogen und ihre Haare frisiert. Sie haben sie gewaschen und ihre Nägel geschnitten. Sie haben ihre Prothese gereinigt und sie ihr eingesetzt. Nie ist sie wie der Vater ohne Prothese dagelegen, wenn ich gekommen bin. Und immer das Lächeln: Da bist du ja schon wieder!

Der letzte Frühling vor ihrem Tod war so mild und sanft wie sie selbst. Der späte Frühling hat geduftet. Er hat dicke Fliederbüsche hervorgebracht und gelbe Primeln und lila Krokusse. Der Rasen war besonders grün.

Das Café des Pflegeheims schaut aus wie ein Wildwestsaloon. Auch die Betreiberin. Sie ist an die fünfzig und hat einen blonden Roßschwanz, eine Rauhlederjacke mit Fransen und Schaftstiefeln. Zu essen gibt es nur Würstel und Hawaii-Toast. Die alten Leute, die noch rüstig genug sind, oder diejenigen, die Besuch haben, trinken hier Wein oder Bier. Manchmal trinken meine Mutter und ich hier Kaffee oder Apfelsaft.

Hätte ich nicht sagen sollen, daß ich für zwei Wochen gekommen bin, um ihre Wohnung aufzulösen, nachdem ich schon in Berlin die Wohnung aufgelöst hatte, um dann endgültig nach Italien zu ziehen? Daß ich alles auflöse, was noch aufzulösen ist, und sie dann verlasse?

Wahrscheinlich hätte sie nichts bemerkt. Sie hätte mit großer Wahrscheinlichkeit gar nicht bemerkt, daß ich ihre Wohnung auflöse und dann nach Italien ziehe. Sie hatte höchstwahrscheinlich kein Gefühl mehr für die Zeit und den Raum. Der Raum, in dem sie war, war ihr Raum und die Zeit, in der sie lebte, war ihre Zeit. Andere Räume wie die alte Wohnung oder die Stadt oder das Land waren versunken, Vergangenheit und Zukunft nicht so wichtig. Außer man brachte sie ins Spiel, die anderen Räume und die verschiedenen Zeiten. Das Licht in ihrem Zimmer und die Stille. Ein lichter Raum und eine stille Zeit. Raum, um darin zu liegen, und Zeit, um in ihr zu leben.

Ich bin froh, daß ich noch einmal bei ihr war, bevor sie starb. Und daß ich ihr alles ins Pflegeheim bringen durfte: die Kleider und Fotos und Briefe und Dokumente und Gläser und Bilder und den Fernsehsessel und die geschnitzte Truhe und den Koffer auf Rollen und die Knopfdose (das war die Dose mit den ersten Pralinen, die sie nach dem Krieg geschenkt bekommen hat, *Brown and Haley's, Chocolates* steht darauf, ich habe die Dose noch immer und immer noch sind die Knöpfe drin) und die Keksdose *(Caffee* steht darauf und ein Schiff ist darauf gemalt, zu dem Schwarze in bunten Hosen und Hemden riesige Säcke schleppen. Ein weißer Mann mit weißem Anzug, silbernem Stock und einer Art Cowboyhut schaut ihnen dabei zu, wobei er die rechte Hand befehlend ausstreckt) und die Kartenspiele (Tarock, Skat, Rommé) und die Einkaufstasche auf Rädern, in der so oft Pudding oder Milch oder Joghurt, oder was immer sie dem Vater gerade in einem Einmachglas ins Pflegeheim gebracht hat, ausgeronnen ist, so daß sie auch nach mehrfacher Reinigung immer noch sauer riecht, und den Fernsehapparat und das Radio, das sie nach dem Tod des Vaters nicht mehr bedienen konnte, weil es ihr zu modern war. Ich bin froh, daß ich sie füttern durfte und frisieren und daß ich ihre Hand halten durfte beim Fernsehen. Ich bin froh, daß ich mit ihr Musik hören durfte und daß ich mit ihr schweigen durfte.

Licht und Schatten und das Lächeln. Ich bin froh, daß meine Mutter nicht gleich nach Weihnachten in ihrer Wohnung gestorben ist, sondern noch durchgehalten hat in der Intensivstation, in der Internen, in der Gerontologie, im Drei-Bett-Zimmer im alten Trakt des Pflegeheims bis ins helle, lichte Zimmer mit der Fensterfront. Milder Frühling und strahlender Frühsommer. Alte schweigende Menschen im Eßsaal. Ich glaube, daß meine Mutter mit keinem Menschen dort auch nur ein Wort gewechselt hat. Eine Stunde im Rollstuhl außerhalb ihres Zimmers hat sie erschöpft.

Ich war immer traurig, wenn ich wieder gehen mußte.

Abende in der Kindheitswohnung, die sich auflöst ohne Vater und Mutter. Blicke aus dem Fenster auf den Ahornbaum. Milchglasfenster in der Badezimmertür, der schwarz-weiß gesprenkelte Linoleumboden in der Küche. Jeden Tag das Abendessen im düsteren Wohnzimmer. Ein paar Bissen nur.

Einmal, ich hatte schon so viele Papiere durchgesehen und geordnet, Wäschestapel gebildet, Bestecke und Geschirr in Kisten verstaut, Handtücher, Geschirrtücher, Badebekleidung sortiert, Friteuse und Entsafter und andere elektrische Geräte verpackt und andere wieder aussortiert, um sie wegzuwerfen, und an jedem Zettel, jedem Badetuch, jedem elektrischen Gerät klebt eine Geschichte, und ich bin ganz allein Tag und Nacht, immer wieder in der Kindheitswohnung allein, mit dem Geruch, der da noch haftet, ohne daß die Menschen, die ihn geprägt haben, noch darin wohnten, der Hut meiner Mutter immer noch auf der Hutablage, ihr abgewetzter Popelinemantel am Haken, als wäre sie nur mal eben ins Bad gegangen, das Ehebett immer noch gemacht und überzogen (ich muß es demnächst abziehen!), vor dem Fenster im Hof der Ahornbaum, Tag und Nacht, da fand ich einmal in einer der vielen Laden des neuen Wohnzimmerwandverbaus fünfzehn oder zwanzig Schieber mit Dias. Als in den sechziger Jahren die Dias aufkamen, hatte der Vater aufgehört, Fotos zu machen, und nur mehr Dias entwickeln lassen. Von Ausflügen, Urlauben, Familienfeiern. Angeschaut haben wir sie so gut wie nie. Nach anfänglichen Versuchen, Diaabende zu gestalten, die immer äußerst langweilig waren. Allein der Aufbau der Leinwand, das Aufstellen des Diaprojektors usw. dauerte furchtbar lange, dazu kam, daß die Dias dann meist falsch sortiert waren, irgend etwas stimmte nie mit der Reihenfolge, die Hälfte der Bilder stand auf dem Kopf und mußte manuell umgedreht werden. Undsoweiter. Wir haben die Dias, wie gesagt, meist gar nicht angeschaut, was meinen Vater aber offensichtlich nicht gehindert hat, sie in langen Abenden zusammenzustellen.

Jeder Schieber war säuberlich beschriftet. »Grünau 1978« stand auf einem, »Mittelmeerkreuzfahrt 1968« auf einem anderen. Es gab Schieber mit: »Hochficht«, »Kasberg«, »Kalterersee«, »Venedig«, »Chioggia«, »Sottomarina«, »Jesolo«, »Lignano«, »Rimini«, »Osttirol«, »Südtirol«, »Paris«, »Silberne Hochzeit«, »Kirchenchorausflug Mariazell« undsoweiter. Ich war vom vielen Ordnen, Aussortieren und Wegwerfen so erschöpft, daß ich einen Schieber nach dem anderen in einen großen blauen Müllsack kippte. Die Dias purzelten durcheinander. Als ich alle Dias in den Müllsack gekippt hatte, weinte ich. Dann leerte ich den Müllsack auf dem Wohnzimmerteppich aus und ordnete alles wieder in die Schieber zurück. Ich arbeitete bis drei Uhr früh. Es waren zu viele Dias, als daß ich jedes einzelne hätte anschauen und dann einordnen können. Und selbst wenn ich jedes einzelne Dia angeschaut hätte, hätte ich niemals die Osttiroler Almwiesen von den Südtiroler Almwiesen unterscheiden können oder den Hochficht vom Kasberg. Und selbst wenn ich dies alles hätte unterscheiden können, hätte ich mir die Dias nicht anschauen wollen, weil ich es nicht ertragen hätte, auf der einen Seite der Straße die Dias anzuschauen, während auf der anderen Seite meine Mutter im Pflegeheim liegt und stirbt. Ich sortierte die Dias nach der Farbe ihres Rahmens. Ich stellte Dias mit weißem Rahmen zusammen und solche mit hellgrauem, schiefergrauem und dunkelgrauem, graugrünem und blaugrauem, schwarzem und braunem Rahmen. Das Problem war nur, daß es viel mehr Schieber als Farben der Rahmen gab. Vielleicht, dachte ich, habe ich so eine neue Ordnung geschaffen. Eines Tages, dachte ich, werde ich auf der Terrasse meiner italienischen Wohnung sitzen und all diese neu geordneten Dias anschauen.

Ich weiß nicht, ob meine Mutter wirklich so gern ferngesehen hat. Die Schwester hat es behauptet. Immer wenn ich zu ihr kam, lief der Fernseher. Ich hatte aber nicht den Eindruck, daß sie zugeschaut hat. Aber vielleicht täusche ich mich oder vielleicht ging es ja auch gar nicht um das Zuschauen. Vielleicht ging es um etwas ganz anderes.

Ich glaube, sie konnte auch längst nicht mehr mit der Fernbedienung umgehen. Ich glaube, sie haben ihr irgendein Programm eingestellt und dann haben sie ihr die Fernbedienung in die Hand gedrückt und sie hat sie stundenlang in der Hand gehalten. Manchmal ist sie ihr aus der Hand gefallen. Einmal ist sie dabei kaputtgegangen, und ich habe schnell eine neue besorgt.

Der strahlende Frühsommer brachte Rosenbüsche und Kirschen an den Bäumen. Er brachte türkisblaue Himmel mit einzelnen dickbauchigen weißen Wolken darin. Er brachte eine Luft, die roch nach Kindheit und Sommerferien. Und nach Genesung. Aber meine Mutter wird bald sterben. Ich hätte ihr nicht sagen sollen, daß ich nicht nur um sie zu besuchen immer wieder zu ihr in die ehemalige Heimatstadt komme, sondern auch, um ihre Wohnung aufzulösen und dann weit weg nach Italien zu ziehen. Vielleicht hätte sie dann noch den ganzen Sommer erlebt, mit allem: mit dem Löwenzahn, dem Klee auf den Wiesen, dem Schreien der Kinder auf der Straße und den Schwalben, die das Wetter anzeigen, je nachdem, ob sie hoch fliegen oder tief.

Ich nähe die Namensschilder in ihre Kleidung, während wir die Kindertotenlieder hören, die Bach-Variationen von Glenn Gould, die Symphonie aus der

Neuen Welt, das Lied von der Erde, gregorianische Choräle und Schubertlieder. Nie in meinem Leben vorher hab ich so viel genäht und so viel Musik gehört. Wenn ich damit fertig bin, die Namensschilder in ihre Kleider zu nähen, wird sie sterben.

Im strahlenden Frühsommer fahren wir in den Park. Aber ich glaube, die Sonne brennt schon zu stark, das Licht ist zu grell, die Vögel sind zu laut, die Menschen zu fremd. In ihrem Zimmer ist alles gemildert, auch wenn wir die Fenster geöffnet haben. Ich glaube, meine Mutter braucht ein wenig Abstand von allem. Ich fahre sie auch nicht mehr in das Western-Saloon-Café, seit ich gesehen habe, daß sie zusammenzuckt, wenn sie laute Stimmen hört. Und die großen Vögel im Vogelhaus machen ihr angst. Komm, wir schließen die Tür und setzen uns ans Fenster. Weißt du was, Mutter? Ich fühle mich hier zu Hause.

Langsam ist es soweit. Der Frühsommer ist fast schon ein richtiger Sommer, es ist Anfang Juni. Ihr Sterbemonat. Es ist Juni und ich weiß noch nicht, daß es ihr Sterbemonat sein wird. In ihrem Sterbemonat, von dem ich aber nicht weiß, daß es ihr Sterbemonat sein wird, werde ich die Wohnung an die Wohnungsbaugesellschaft übergeben. Alles, was sie behalten wird und was ich behalten werde, ist bereits aus der Wohnung geschafft. Jetzt geht es darum, die Möbel loszuwerden. Niemand will die Möbel. Es will auch niemand den zweiten Fernseher (war damals das neueste Modell, Stereo und Kopfhöreranschluß für meinen Vater, der schlecht hörte), die Waschmaschine (Miele, mein Vater hat sie einmal im Jahr warten lassen, was immer tausend Schilling gekostet hat), die Wandverbauung (dieser riesige Schrank mit indirekter Beleuchtung hinter den Glasteilen. Meine Eltern haben anfangs, als die Wandverbauung neu war, alle anderen Lichter im Zimmer gelöscht und nur die indirekte Beleuchtung eingeschaltet. So sind sie vor dem Riesenschrank gesessen und haben ihn angeschaut). Ich inseriere in der Zeitung »Möbel zu verkaufen«. Niemand ruft an. Jemand kommt von einer Entrümpelungsfirma. Der Mann schüttelt den Kopf. Alles wertlos, sagt er, eine Entrümpelung käme mich teuer zu stehen. Ein paar Dinge kann ich wenigstens noch verschenken. Ein Freund holt die Miele-Waschmaschine ab und transportiert sie nach Wien, wo seine Freundin gerade eine Wohnung einrichtet, den Wäschetrockner und den Fernseher nehmen Freunde aus meiner Geburtsstadt. Auch die Glaskaraffe in dem schmiedeeisernen Gestell, das ein entfernter Verwandter, ein Schmied, selbst gemacht hat. Die Freundin meines Freundes nimmt auch das Eßservice, das mir früher immer so kostbar erschien, weil meine Mutter es nur an Feiertagen verwendete. Es war beige und hatte grüne Ränder und es gab verschieden große Schüsseln, Karaffen, Saucieren. Ein Bekannter holt das Zimmerfahrrad zur Gewichtabnahme ab, die Nachbarin den Schlafzimmerschrank. Der Rest wird von der Lebenshilfe abgeholt. Die Möbel werden für den Abtransport zum Teil zerlegt und zum Teil einfach auseinandergerissen. Der Glasteil der Wandverbauung, hinter dem die indirekte Beleuchtung ist, zerschellt beim Abtransport im Stiegenhaus. Die Wände dort haben Dellen von der Beförderung der Möbel. Es ist der schlimmste Teil der Auflösung meiner Kindheitswohnung.

Alles ist wertlos. Jetzt, wo die Wohnung leer ist, sieht man deutlich die Flecken auf dem Teppichboden. Und wie er sich wirft. Die weißen Stellen an der Wand, dort, wo früher die Bilder gehangen haben, zeigen, wie dunkel und gelb die Tapeten sind. Ohne Vorhänge wird sichtbar, wie stark die Farbe an den Fensterrahmen abgeblättert ist.

Alles ist vorbereitet für die Übergabe der Wohnung. Seltsam. Meine Eltern sind in den vielen Jahren ihrer Ehe nur einmal umgezogen. Von einer Dachwohnung im Nebenhaus in diese Wohnung im ersten Stock. Nächste Woche werde ich für ein paar Tage nach Stuttgart zur Premiere meines Theaterstückes fahren. Anschließend werde ich die Wohnung übergeben und nach Italien ziehen.

Die Zeit wird knapp, aber das weiß ich erst jetzt, im nachhinein. Ich werde meine Mutter noch zweimal sehen. Den einen Tag werde ich im Pflegeheim verbringen. In der Wohnung kann ich nichts mehr tun. Es wird ein unruhiger Tag sein. Schon fast richtiger Sommer mit richtiger Hitze. Mittag fahre ich doch noch einmal mit ihr in das Western-Saloon-Café. Sie will plötzlich Bier. Einen Pfiff. Aber auch den schafft sie nicht ganz. Sie lächelt. Kurz darauf wird sie sich übergeben. Sie wird müde sein. Beim Essen hustet sie. Es ist ein röchelnder Husten. Ich werde mit der Oberschwester sprechen. Sie wird sagen, daß die Mutter bereits längere Zeit Antibiotika bekommt. Ich werde die Oberschwester fragen, ob man die Mutter nicht röntgen sollte. Sie wird mit den Achseln zucken.

Am nächsten Tag, als ich mit der Reisetasche ins Pflegeheim komme – um zwei Uhr werde ich nach Stuttgart fahren –, ist schon ein Krankenwagen bestellt, der die Mutter zum Röntgen ins Krankenhaus bringen soll. Ich begleite sie. Es wird noch eine andere alte Frau im Rollstuhl ins Krankenhaus gebracht. Sie ist rüstiger als meine Mutter. Im Krankenwagen hat nur ein Rollstuhl Platz. Eine von beiden muß vom Rollstuhl in den im Krankenwagen montierten Sitz umsteigen. Die rüstigere Frau weigert sich, ihren Rollstuhl zu verlassen. Zwei Männer vom Samariterbund befördern meine Mutter in den montierten Sitz. Sie ist sehr blaß im

Gesicht. Die andere alte Frau ist zufrieden. Sie redet die ganze Fahrt. Meine Mutter sagt nichts. Ich sitze neben ihr und halte ihre Hand. Ich spüre, wie die Fahrt sie anstrengt. Sie schaut zum Fenster hinaus. Die Stadt rast schnell vorbei. Vor dem Krankenhaus muß sie wieder in den Rollstuhl, der zusammengeklappt hinter dem Stuhl stand, umgesetzt werden. Es dauert diesmal lange, sie ist sehr schwach. Wir müssen sie am Rollstuhl festbinden, damit sie nicht nach vorne kippt, während ich sie durch die Gänge zum Röntgen schiebe. Vor dem Röntgensaal müssen wir fast eine Stunde warten. Der Rollstuhl steht neben mir im Wartezimmer. Neben uns sitzen Menschen, die zu Fuß ins Krankenhaus gekommen sind und zu Fuß wieder heimgehen werden. Die Mutter schaut verwundert auf diese Menschen. Ich schiebe sie ein Stück zur Seite vor das Fenster. Wir schauen hinaus. Sie sagt, daß sie froh ist, daß ich dabei bin. Ja, sage ich, Gott sei Dank bist du nicht allein. Dann wird sie aufgerufen und ich fahre sie in den Raum mit dem Röntgenapparat. Sie soll den Oberkörper freimachen. Ich ziehe ihr den Pullover und das T-Shirt aus. BH trägt sie längst schon keinen mehr. Der engt sie ein. Sie sitzt zusammengesunken mit nacktem Oberkörper in ihrem Rollstuhl. Eine Schwester und ich setzen sie vor den Röntgenapparat. Sie soll den Oberkörper an eine Scheibe pressen. Aber sie kann nicht mehr aufrecht sitzen. Immer wieder sinkt sie in sich zusammen. Sie hat jetzt zwei rote Flecken auf den blassen Wangen. Die Schwestern binden sie an der Scheibe fest. Sie fordern mich auf, den Raum zu verlassen. Die Mutter schaut mich an. Ich drücke ihr die Hand und sage, daß ich sofort wieder komme, wenn das Röntgenbild gemacht ist. Aber ich weiß nicht, ob sie mir glaubt. Sie zittert am ganzen Körper. Wahrscheinlich ist ihr kalt. Ich verlasse den Raum. Es dauert dann doch ein paar Minuten, bevor ich wieder zu ihr darf. Als sie mich sieht, seufzt sie. Überall auf ihrem Oberkörper sind kleine rote und braune Flecken. Ich will sie wieder anziehen, aber sie kann die Arme nicht mehr heben. Gott sei Dank weiß ich von meiner Tochter, wie man Kinder anzieht. Zuerst die Arme und dann schnell über den Kopf. Als sie angezogen ist, lächelt sie wieder. Ich bin froh, sagt sie noch einmal, daß du dabei bist. Noch während ich sie hinausschiebe, sagt sie: so froh. Wir müssen dann im Wartesaal noch auf die Männer vom Samariterbund warten. Die Mutter hat Durst und ich bringe ihr Wasser. Beim Krankenwagen steht auch wieder die andere alte Frau in ihrem Rollstuhl. Diesmal setzen die Männer die andere alte Frau um. Es geht ganz leicht. Aber sie schimpft. Wir kümmern uns nicht um sie. Die Männer vom Samariterbund sagen, daß sie für alte Menschen und für Behinderte Sonderfahrten machen. Sie sagen, wir könnten einen Wagen des Samariterbundes bestellen und sie würden dann mit uns beispielsweise auf den

Schloßberg fahren und wir könnten dort Kaffee trinken und sie würden uns dann nach zwei Stunden wieder abholen. Das koste fast gar nichts. Ich frage die Mutter, ob sie einmal mit mir auf den Schloßberg fahren will. Sie lächelt und nickt. Gerne, sagt sie. Ich lasse mir einen Prospekt geben. Wir verabreden, auf den Schloßberg zu fahren, wenn ich von Stuttgart zurück bin. Wir machen sogar den Tag aus. Genau in einer Woche. Als wir wieder im Pflegeheim sind, ist es ein Uhr. Um Viertel vor zwei Uhr muß ich aufbrechen. Ich fahre die Mutter im Rollstuhl in den Eßsaal. Es gibt Kaiserschmarrn, ihre Lieblingsspeise. Ich füttere sie. Um Viertel vor zwei Uhr verabschiede ich mich. Ich sage, daß ich beruflich nach Stuttgart fahre, in ein paar Tagen wieder zurück bin und daß ich dann noch eine Woche bleibe, bevor ich nach Italien ziehe. Ich sage, daß der Ort in Italien, in den ich ziehen werde, nicht weiter von ihr entfernt ist als die Stadt, in der ich bis jetzt gelebt habe. Und daß ich sie von Italien aus genauso oft besuchen werde wie bisher. Ich sage, daß wir in einer Woche auf den Schloßberg fahren. Sie lächelt. Dann nehme ich meine Tasche und drücke auf den Liftknopf. Aber der Lift kommt und kommt nicht und sie lächelt und lächelt und ich winke ein paarmal und sie winkt einmal sogar zurück und irgendwann kommt der Lift doch, ich steige ein und die Türe schließt sich hinter mir.

Hochzeit

Wir verbrachten die Nacht in meinem Hotel. Es war die Nacht, in der meine Mutter starb. Noch während der Uraufführung meines ersten und einzigen Theaterstückes in Stuttgart verliebte ich mich in den Hauptdarsteller. Er entsprach so sehr meiner Vorstellung von der Rolle, daß ich während der Aufführung immer wieder dachte, es gäbe ihn gar nicht und ich hätte nicht nur die Rolle, sondern auch den Schauspieler, der die Rolle verkörperte, gleich miterfunden. Der Schauspieler wich mir während der Premierenfeier nach der Aufführung systematisch aus, als ob nicht nur er meiner Vorstellung von der Rolle so gespenstisch entsprochen hätte, sondern auch ich seiner Vorstellung von der Autorin des Stückes und als hätte er nun Angst, daß sich verwirklichen könnte, wovon das Stück handelte, nämlich von der hoffnungslosen Liebesverstrikkung zweier Menschen.

Er sah mich immer wieder aus einiger Entfernung an im Gewühl der Premierenfeier, lächelte oder runzelte die Stirn, trat ein paar Schritte auf mich zu, um dann regelrecht immer wieder vor mir wegzulaufen, während ich den ganzen Abend immer wieder versuchte, ihm einmal alleine zu begegnen, um ihm zu seiner Darstellung der Rolle zu gratulieren; oder vielleicht lief ich ihm auch einfach nur besinnungslos hinterher, weil ich mich so heftig in ihn verliebt hatte, daß mich während der ganzen Premierenfeier nichts anderes interessierte, als mit ihm in Kontakt zu kommen. Schließlich, ich kann es nicht anders ausdrücken, kapitulierte er.

Als das Telephon um sechs Uhr früh läutete und ich die Nachricht erhielt, daß meine Mutter gestorben war, wußte ich, daß ich ihn nie mehr verlassen würde. Ich setzte alle meine Hoffnungen in ihn. Er mußte alles erfüllen, was ich mir wünschte. Seine Kapitulation mußte vollkommen sein. Er mußte mich in meine ehemalige Heimatstadt begleiten, er mußte mit mir zusammen den Sarg meiner Mutter öffnen, mußte mich halten, als ich in das tote Gesicht meiner Mutter schaute, als ich ihre eiskalten Hände berührte und ihre weichen Haare, er mußte mir im Krematorium seinen Arm reichen, als meine Mutter in den Verbrennungsofen geschoben wurde. Ich ließ ihn nicht mehr los. Ich nahm ihn überallhin mit. Er mußte seinen Beruf aufgeben, um mit mir nach Italien zu ziehen. Er brauchte ja keinen Beruf mehr. Er hatte ja jetzt mich. Und ich hatte ihn.

Wir werden in einem kleinen italienischen Ort sechsundfünfzig Kilometer südöstlich von Rom wohnen. Der Ort liegt sechshundert Meter hoch auf einem Hügel, der zu den Ausläufern der Abruzzen gehört. Von der Ebene unten, die ich von meiner Wohnung aus überblicke, führt eine steile, kurvenreiche Straße in den Ort. So daß du von unten kommend oben im Ort landest. Wenn du nun den mittelalterlichen Teil des Ortes ganz hinuntergehst, bis zur letzten Häuserzeile, dort, wo es immer enger und dunkler wird in dem Gewirr der Gassen, stößt du auf eine horizontale, vergleichsweise breit und eben verlaufende Gasse. Hier wendest du dich nach rechts. Nach ein paar Metern, nicht mehr als dreißig oder vierzig, steigt die Gasse zum erstenmal ein wenig an. Links ist ein Torbogen, der auf einen kleinen Vorplatz führt mit niedrigen Steinmauern an den Seiten, auf denen, wenn du abends kommst, die alten Frauen sitzen. Hier mußt du dir Durchgang verschaffen. Es gibt zwei Hauseingänge von dem kleinen Vorplatz aus gesehen, der rechte ist der meine. Du wirst sehen, die Tür steht immer einen Spalt offen. (Wegen der Hitze. Manchmal sitze ich in der Küche hinter der angelehnten Tür, so daß man mich nicht sieht, und höre den alten Frauen zu, die ich nicht verstehe, weil sie in ihrem Dialekt vor sich hinmurmeln. Manchmal stimmt Nanina, meine alte Nachbarin, ein Lied an und die anderen Frauen fallen ein, aber seltsamerweise singen sie immer nur ein paar Takte, dann hören sie zu singen auf.)

Komm herein zu mir, ich bin immer allein und warte schon so lange auf dich. Du kommst direkt in die Küche, die eine Höhle ist mit niedriger Decke und einem schweren schwarzen Tragbalken. (Mauricio, der sich auskennt, sagt, der Tragbalken müsse aus einer der alten, aufgelassenen mittelalterlichen Kirchen oder Kapellen stammen, die es hier auf dem Land überall gebe. Eine Zeitlang hätten die Menschen die aufgelassenen Kirchen und Kapellen geplündert und was für sie irgend verwendbar gewesen sei nach Hause geschleppt und verwendet.) Gleich rechts neben dem Eingang ist mein Kamin. Nanina sagt, ein Kamin sei das wichtigste in einer Wohnung. Sie sagt, der Kamin leiste dem Menschen Gesellschaft, im Winter, wenn es dunkel ist und kalt. Wirst du mir Gesellschaft leisten, im Winter, wenn es dunkel ist und kalt? Wirst du mich nicht verlassen? Ich werde mich in deinem Mundbett zusammenrollen, ich werde mich so klein machen, daß ich Platz habe überall in deinem Gesicht, so wie ich damals, als ich ein Kind war, Platz hatte in dem Gesicht meines Vaters: Der Mund paßte in seine Augenhöhlen, mein Finger an seinen Nasenflügel, die Fingerkuppe unter das Ohrläppchen, mein Kopf in die Schulterhöhle, mein Körper paßte zu seinem, wenn ich mich zusammenrollte und wenn er aufpaßte, daß ich nicht hinunterfiel.

Ich will alles für dich tun. Ich will dir alles verzeihen, was du mir antun wirst. Nur: halte mich, trage mich, wiege mich, tröste mich. Nur: liebe mich. Liebe mich, wie du sonst niemanden geliebt hast. Aber jetzt komm, komm weiter durch die Küche, die ich als Höhle ohne ein einziges Fenster erfinde, Feuerschein an der Wand, Sektflecken, Plakate, Tod und Teufel. Wenn wir wirklich zusammenlebten, müßte ich ständig auf dich warten. Tag und Nacht und Nacht und Tag. Ich würde extra lange schlafen, damit der Tag kürzer wird und auch, damit ich Kraft habe, wenn du mich liebst. Du müßtest mich nicht einsperren, du könntest die Tür ruhig offen lassen, ich ginge sowieso nicht aus dem Haus. Ich brauchte auch kein Geld und keine Kleider. Ich läge den ganzen Tag nackt im Bett und wartete darauf, daß ich die Tür ins Schloß fallen höre. Wir würden im Bett liegen und zwischendurch einen Happen essen, hauptsächlich aber trinken, und niemand würde Geschirr abwaschen oder die Wohnung kehren, putzen oder aufräumen. Wir hätten einfach die Kraft nicht dazu. Und wenn du doch versuchen würdest, aufzustehen und aufzuräumen oder zu kehren oder Geschirr abzuwaschen, dann würde ich dich wieder ins Bett ziehen und du würdest seufzen und lächeln und wärst so müde und ich auch, wir würden noch einen Schluck Champagner trinken und du würdest mich küssen und alles würde nach Champagner schmecken. Und wenn du mich allein zurückließest, würde ich wieder schlafen und auf dich warten. Draußen wäre es still und es würde stiller und stiller werden und irgendwann wäre es vollkommen still. Es würde sein, als wartete ich auf den Tod.

Der große Tisch in der Küche ist trapezförmig wie die ganze Küche. An der rechten Wand steht eine Holzbank. An der linken Wand stehen zwei Holztruhen, in denen Bettwäsche ist, Töpfe, Kissen, Handtücher, Geschirr. An der Stirnseite der Küche (deine Stirn, die feinkörnige Erde, die Furchen und Erdschollen!) stehen türkisfarbene Schränke, der Herd, der Kühlschrank, das Waschbecken (dein Beckenknochen, ein Ring um meine Brust).

Von der Küche kommst du in den Salon, der ebenfalls ohne Fenster ist. Licht bekommt er nur durch zwei Glastüren, die in zwei kleine Zimmer führen, die ihrerseits je eine Glastüre zur Terrasse hin haben. Das eine ist das Zimmer meiner Tochter, das andere ist mein Zimmer. Links hinter der Tür steht das Klappbett. Dem Bett gegenüber ein Schrank mit einem großen Spiegel. Links von der Tür zur Terrasse steht ein kleiner Schreibtisch. Auf dem mit Holzschnitzereien verzierten Aufbau steht die Plastikfigur eines schwarzen Kontrabaßspielers, der an seinem Kontrabaß zupft, mein Globus und die mexikanische Tonfigur eines kleinen Menschen, der seine Augen weit aufreißt. Rechts von der Tür zur Terrasse steht der Tisch, an dem ich schreibe (JETZT). Auch wenn die Terrassentür geschlossen ist (wegen der Hitze, dem Zirpen der Zikaden, wegen der kreischenden Radio- und Fernsehgeräte und dem Schreien der Kinder und Frauen), sehe ich durch das Glas auf die grün-braun gesprenkelte Tiefebene. Die Terrasse hat einen rotbraun gekachelten Boden. Links und rechts ist sie geschützt von hohen Hausmauern, die aus Naturstein gebaut sind. Jeder einzelne Stein ist anders als die übrigen. Die Wohnung über mir steht leer. Ganz oben wohnt ein altes Ehepaar. Beide sind fast taub. Deshalb können sie uns nicht hören, mein Lieber. Und wenn wir unter dem Sonnenschirm stehen (groß und weiß wie auf den Marktplätzen in Rom), können sie uns auch nicht sehen. Zur Landschaft hin ist die Terrasse begrenzt durch eine niedrige Steinmauer (vierzig Zentimeter hoch), auf der ein Geländer angebracht ist (Schmiedeeisen, grau, Schlangenlinien oder verschlungene Herzen). Unter der Terrasse fällt das Haus sieben Meter steil ab zu einer verwilderten Wiese, auf der immer Abfall liegt. Dort sterben die jungen Katzen, die aus den Fenstern fallen oder von ihren Müttern an der Nackenfalte dorthin getragen werden, weil sie krank sind oder zu schwach, um zu leben. Man hört sie dort miauen, bis sie verenden. Die Wiese grenzt an eine kaum befahrene Straße (Asphalt, der nachts noch Wärme abgibt und weich ist). Jenseits der Straße steigt der Hügel wieder an. (Olivenhaine, Obstbäume, etwas Wein.) Auf der Hügelkuppe liegen verstreut ein paar Bauernhäuser. Dahinter steigt eine Bergkette an (graugrünblau). Ich weiß, daß dort oben eine Hochebene ist mit borstigem Gras, Felsen, Pferden, die überall frei herumlaufen. Dort oben steht auf einem Felsvorsprung in den Abgrund hinein ein altes Kloster. Wenn man auf den Turm des Klosters klettert, kommt man an einer Nische vorbei, in der hinter Glas ein Totenkopf liegt. Darunter steht: »So wie du bist, bin ich gewesen, so wie ich bin, wirst du sein.«

Im Schatten seines Kopfes fielen am Horizont die Lepinerberge sanft ab zum Meer hin. (Früher waren dort die Pontinischen Sümpfe, die aber längst trockengelegt sind.) Er mußte vor mir auf dem Schreibtisch sitzen, genau an jener Stelle, an der jetzt meine Schreibmaschine steht. Ich stand vor ihm. Wenn ich sein Gesicht in beide Hände nahm und mich an ihn lehnte, dann lag seine Stirn an meiner Brust. Hinter seinem Kopf sah ich durch die offene Terrassentür rechts bis zu den Monti Lepini, die die Talsohle begrenzen, tief unter uns, südlich, bis zum Meer. Aber das Meer, es verschwamm am Horizont mit dem Himmel. Vereinzelt ragten Hügel und Bodenerhebungen aus der Talsohle heraus. Es war heiß. Irgendwo spielte ein Radio. Ein

Fußballspiel wurde übertragen. Weit hinten am Horizont, schon nahe den Bergen, brannte es. Der Rauch bewegte sich nicht.

Ich küsse dich von oben bis unten,
ganz langsam.
Ich beginne mit deinem Kopf und
stecke mein Gesicht in deine Haare.
Ich schlecke deine Kopfhaut ab.
Ich rieche an deinen Haaren,
ich schnüffle sie ab.
Ich fühle jedes Haar aus deinem Kopf.
(Die Zunge ist ein Muskel, der viel zu schnell ermüdet.)
Ich habe Zeit.
Talg, Haut, Schweiß, Salz.
Rinde, Wurzel, Zwiebel.

Du gibst mir das und ich gebe dir das,
du mir die schönen Rapunzeln im Garten
und ich schenke dir ein Kind
und wenn ich erst schwanger bin,
dann gehörst du mir ganz,
mit Haut und Wurzeln, mit Rinde und
Mark und Bein,
Salz, Wasser und Blut.

Ich hätte sie so gerne geküßt. Als meine Mutter, fünf Tage lang tot, im Sarg lag und ich einen Kirschzweig, den ich auf dem Weg zum Friedhof abgebrochen hatte, in ihren Sarg legte und dabei zufällig ihre Hände berührte, die kalt waren und hart wie Stein, und als ich dann, zum Ausgleich, und auch, weil ich es wollte, ihre Haare berührte, da waren die Haare so weich und warm, als wäre die Mutter gar nicht Stein geworden. Ich hätte sie gerne geküßt, aber sie war eine alte Leiche und Blut trat immer noch aus ihrer Haut. Markus, der Pfleger aus dem Heim, der meine Mutter mitten in der Nacht tot im Bett gefunden hatte, sagte später, daß meine Mutter aus ihrer Haut geblutet habe, daß er aber all ihr Blut abgewaschen und sie gesäubert in den Sarg gelegt habe, so daß ich im nachhinein dachte, daß das Blut noch Tage nach ihrem Tod aus dem Körper gesickert sein mußte und womöglich auch in dem Moment aus dem Körper sickerte, als ich ihr über die Haare strich, denn es war kein altes, schwarzes Blut, sondern helles, rotes Blut.

Markus, der Pfleger, sagte, sie hätte im Tod gelächelt, aber davon war dann nichts mehr zu bemerken, als der Sarg geöffnet war und sie dalag, aus der Haut am Hals und an der Brust blutend und aus den Augen und dem linken Ohr, nein, kein Lächeln, Markus, oder das Lächeln ist nachher verschwunden, geblieben ist nur ein kleines

Gesicht, so klein, dachte ich, ist das Gesicht meiner Mutter nie gewesen, so klein wie auch das Gesicht meines toten Vaters gewesen war, so klein, dachte ich damals, das Leben klein und der Tod klein, jeder Tod ein Pflegeheimtod, klein und einsam und ich immer weit weg, ich habe Vater und Mutter allein gelassen in ihren Pflegeheimbetten – ausgerechnet in jener Nacht mußte meine Mutter sterben; da verschwindet das Lächeln aus jedem Gesicht, selbst wenn es wirklich einmal darin gewesen wäre.

Bereits an dem Abend, an dem mein erstes und einziges Theaterstück uraufgeführt wurde, wozu ich meine Mutter im Pflegeheim allein gelassen und nach Stuttgart gereist war, und ich dem Schauspieler unentwegt hinterherlief, begannen die Panikattacken. Der Regisseur des Stückes war da, der Dramaturg, der Bühnenbildner, auch die Souffleuse, der Beleuchter, der Tonmeister und viele andere. Überall standen sie in kleinen Gruppen oder in Paaren, mit einem Glas in der Hand oder mit einem Teller oder einem Glas in der einen und einem Teller in der anderen Hand wie er. Er beobachtete mich. Er lächelte. Er hob sein Glas in der Menschengruppe, bei der er stand, ein wenig höher als die anderen. Ich hob mein Glas in der Menschengruppe am anderen Ende des Saals, bei der ich stand, ein wenig höher als die anderen.

Ich sah seine Augen über alle Köpfe hinweg. Plötzlich hatte ich Angst, ich könnte umfallen und mir den Kopf an einer Tischkante aufschlagen, so daß Blut aus der Wunde liefe, bis ich verblutete, ich könnte mich durch den Luftzug von den großen Fenstern verkühlen, eine Lungenentzündung bekommen, ich könnte stürzen und innere Blutungen davontragen, ich könnte sterben und hätte ihn nie kennengelernt. Er sah immer, wo ich gerade war, und lächelte von Saalende zu Saalende. Hob das Glas. Kam aber nicht zu mir. Wich mir aus. War auf einmal vom Fest verschwunden. Und da plötzlich die Angst, daß aus ihm und mir wirklich etwas werden könnte. Und daß er dann in der Folge ständig vor mir weglaufen und ich ihm ständig hinterherlaufen würde. Ein Alptraum! Ich versuchte mich abzulenken. Ich trank Sekt und Wein und Whiskey. Alles durcheinander. Ich sprach mit Menschen, die ich schon lange kannte. Die Fenster des Festsaals waren weit geöffnet. Im Licht der Laternen draußen tanzten Mücken und Nachtfalter. Ein großer Ahornbaum stand im Schatten. Irgendwo jaulte ein Hund. In dem Augenblick, in dem ich ihn endlich vergessen hatte, stand er vor mir. Sie, sagte er, sind mir auf den Leib geschrieben.

Am Tag nach der Nachricht vom Tod meiner Mutter, wir hatten die Rückreise in meine Geburtsstadt unterbrochen und einen Umweg über die Berge gemacht, schien – JETZT – die Sonne durch die Wolkenschichten, Finger von oben. Er stand im Licht. Seine Nase war ein Felsvorsprung unter der Burgruine. Er hob das Gesicht ein wenig höher im Licht, die Augen geschlossen. Nein, kein Alptraum, ein Engel! Eine seltsame Musik, die uns den ganzen Weg zur Ruine hinauf begleitete. Windharfen. Die Musik hörte auf zu spielen, sein Sakko war über die Schulter gelegt, sein Gesicht plötzlich im Scheinwerferlicht. Er lächelte. Die Engel lächeln stolz und demütig zugleich. Sie sind tapfer und so schön. Ein jeder Engel ist schrecklich.

Eine Fußballmannschaft muß jetzt ein Tor geschossen haben, der Kommentator im Radio jubelt, der Rauch zieht nach oben, Wind ist aufgekommen und zerrt an dem Sonnenschirm auf der Terrasse, die Figur des schwarzen Kontrabaßspielers aus Plastik auf meinem Schreibtisch zupft an ihrem Kontrabaß und ich habe *den* Mann meines Lebens erfunden. Ich habe auch sonst lange nichts mehr erfunden, das dann Wirklichkeit wurde. Ich glaube, das letzte Mal habe ich eine Beichte erfunden, nachdem ich am Ostersonntag nicht zur Kommunion gegangen war und meine Mutter mich fragte, ob ich bei der Beichte gewesen wäre. Da habe ich einen Beichtstuhl aus dunklem Holz erfunden, der innen mit rotem Samt ausgelegt war. In diesem erfundenen Beichtstuhl habe ich meine erfundene Beichte gebeichtet und nachher habe ich sie vor meiner Mutter erfunden, und noch später bin ich dann in die Kirche gegangen, habe mich in die letzte Reihe gesetzt (dorthin, wo die wirklich großen Sünder sitzen, denen niemand mehr verzeiht), habe auf den Gekreuzigten geschaut, von dessen Händen und Füßen hellrotes Blut herabtropfte in die Kirche, in der es dämmrig war und durch deren Glasfenster hinter dem Altar letzte Sonnenstrahlen fielen, so daß ein Rot und ein Gold aufleuchteten und verschiedene Lämmer, die auf Wiesen weideten, zum Glühen brachten, und habe die Sühne erfunden. Es war die Sühne nach dem Verrat, der immer glüht, immer sonnendurchtränkt und strahlenerhellt ist, der Verrat aller Liebenden.

Dein Kopf wird langsam naß. Zum Teufel mit meinen unausgebildeten Geschmacksnerven! Ich weiß längst nicht mehr, was meine Spucke ist und was dein Schweiß ist. (Ich habe immer auf Reisen einen schweißbindenden Stein bei mir, er ist weiß und glatt und kalt so wie der Alaunstein, mit dem mein Vater, als er noch lebte, nach dem Rasieren sein Blut stillte, hell und rot, der Stein machte es noch heller und rosarot.) Meine Finger suchen Haare auf deinem Kopf, die ich noch nicht gekostet habe. Ein Haar beiße ich ab und verschlucke es. So beginnt der Kannibalismus.

Meine Finger krochen in seine Hautfalten und -spalten,
in die Kreuzbeinfalte, in die Leistenfurche.

Salzig wie dein Samen das Ohr.
Verwinkelt wie mein Geschlecht.

Amboß, Hämmerchen,
Trommel:
Die schlagen nachts einen seltsamen Puls,
in den sich das Gebell der Hunde mischt,
von einem Tal zum anderen.

Den Mond bellen die Hunde an.
Der Schlag der Trommeln
pumpt das Blut, hellrot, durch die Täler.

Die Zikaden baden
und reiben ihre Flügel,
bis die Luft kreischt.

Ein kreischendes Land.
Es kreischen die Frauen,
es kreischen die Kinder,
es kreischen die Zikaden.

Fernsehapparate und Radios kreischen mir
geheime Botschaften zu.

Was ist die beste Projektionsfläche für die Erfindung? Die weiße makellose Fläche (so wie ein leeres Blatt Papier) oder irgendein schwitzender Mensch, zufällig herausgepickt aus Millionen, nur weil die Raum-Zeit-Koordinate stimmt? Was ist besser? In die Stille hineinzuschreien, aus der ein Echo zurückkommt, weil sich überall an den Talschlüssen Felswände erheben, oder die zaghafte Antwort, die wir manchmal zu vernehmen meinen, um sie dann zu verweben mit den eigenen Fragen, bis wir glauben, einer hätte gefragt und der andere geantwortet? Vielleicht hatte ich einen Weg gefunden, die Zeit zwischen zwei Gedanken nicht zu hassen (erst wenn die Eltern tot sind, beginnen die Kinder zu sterben, weshalb ich mich anstrengen muß, um zu leben für meine Tochter, damit sie möglichst lange unsterblich ist und ihren Gedanken nachhängen kann, ohne zu wissen, daß sie belanglos sind, der eine so wie der andere): Er *war* die Lepinerberge und die grün-braun gesprenkelte Tiefebene und die dunkelgrüne Zypresse, der silberne Olivenbaum, das hellgrüne Schilf am Rand des Rinnsals, er war das braune Rinnsal, war die Straße unter meiner Terrasse. Er war die Wiese, die hier immer stachelig war und nach Kräutern und Blumen und nach etwas Organischem roch, das gerade verweste. Er war die Luft, der Wind (der schlug meine Terrassentür auf und zu), die Geräusche um mich herum (ein Auto auf der Straße, die Pumpe im Badezimmer, die Wasser in den großen Reservebehälter pumpte, das Rascheln von Papier, das Zwitschern der Vögel, das Kreischen der Zikaden), der Himmel, die Sonne, die roten Kacheln auf meiner Terrasse, die die Fußsohlen verbrannten, so daß überall kleine rote Flecken entstanden. Er war der Sessel, auf dem ich saß, der Tee, den ich trank, und die Zigarette, die ich gerade anzündete, die Schreibmaschine, auf der ich schrieb. Ich tippte auf seinem Körper. Aus seinen Knochen geschnitzt die Tastatur, feine Kalkknochen, wie frisch aus Gebirgen geschlagen, zurechtgemeißelt, zusammengefügt mit Knochenleim, überzogen mit seiner Haut. Jede Taste ein Grübchen seines Körpers, ein Bett für meine Fingerkuppe.

Er hatte so schöne Perlmuttfingernägel. Ich küßte seine nasse Stirn (heute hat es sechsunddreißig Grad im Schatten, gestern nacht waren es zweiunddreißig Grad). Sein Haaransatz an der Stirn war scharf umrissen wie die Silhouette der Lepinerberge. Ich küßte von oben nach unten das braune Feld zwischen Kopfhaar und Augenbrauenhaar. Ich dachte immer, so weiche Felder gibt es gar nicht, wo die Erde zartkörnig ist und feine feine Furchen bildet. Aber ich spürte ja, daß es sie gab. Meine Zunge schleckte die Felder schmatzend ab. Das Meer hat überall Salz zurückgelassen, als es sich zurückzog vor Millionen von Jahren, und den Geruch von verwesten Fischen. Die Augentiere zuckten und rollten und wälzten sich, wenn meine Zunge sie berührte. Dann schliefen sie ein. Die Zeit ist eine Erfindung der Menschen und vielleicht erbarmt sich ja irgendein Urtier in seinen Augenhöhlen unser. Während im Radio immer noch das Fußballspiel übertragen wurde. Der Kommentator schrie, aber die Tiere sind müde bei der Hitze.

Heute nacht konnte ich nicht schlafen und bin aufgestanden und habe auf der Terrasse eine Zigarette geraucht und der Mond hat so hell geleuchtet, daß die Faltung der Hügel in der Ebene sichtbar war und die Lepinerberge wie schwarze Wächter, sehr aufrecht und klar, in der Ferne gestanden sind. Ich dachte zuerst, der Mond leuchtet nur hier so hell, aber dann ist mir eingefallen, wie der Mond daheim leuchtet. Vor langer Zeit, als ich noch irgendwo zu Hause war, ohne mir dessen groß bewußt zu sein, bin ich abends spazierengegangen und der Mond hat hell gestrahlt, obwohl er gar nicht ganz voll war. Die Steine im Fluß unten haben weiß geleuchtet. Vielleicht verschwindet auch die Landschaft, in der man geboren ist, mit dem Tod der Eltern, vielleicht versinken ganze Länder im Sumpf. Nur, wer keine Eltern mehr hat, kehrt freiwillig heim.

Niemand kann schlafen bei der Hitze. Die Menschen stehen rauchend auf ihren Terrassen und erfinden sich selbst.

> Ich küsse den Hals,
> den Kieferknochen,
> die weiche Mulde darunter,
> die Sehnen,
> den Adamsapfel, der hinauf
> und wieder hinunterspringt,
> wenn du schluckst.

Nachdem ein betrunkener Friedhofswärter immer wieder versucht hatte, den Deckel vom Sarg meiner Mutter zu heben, und mit dem Fußende des Sargdeckels in den Händen hin- und herschwankte, bis es ihm schließlich doch noch gelang, den Deckel mit einem Ruck auf den Boden abzusetzen, und als ich mich über meine immer noch von ihrem Tod blutende Mutter beugte und den Kirschzweig auf ihren Oberkörper legte, über die Stelle, an der das Blut ohne Körperöffnung aus ihrer Haut sickerte, und als ich ihre harten Hände berührte und einen Augenblick lang Angst hatte, sie würde mich hinunterziehen zu sich in den Sarg und mitnehmen in ihren kalten Tod, da bist du hinter mir gestanden und deine Hände sind auf meinen Schultern gelegen.

Nachher hatten wir uns auf die steinerne Friedhofsbank gesetzt und zusammen eine Zigarette geraucht. Der Friedhofswärter ist ein bißchen abseits gestanden und hat auch eine geraucht. Ich habe die Zigarette in derselben Hand gehalten, mit der ich die Hand meiner toten Mutter berührt hatte, und die ganze Zeit dachte ich, vielleicht rauchen wir mit dieser Zigarette das Leichengift mit, das an meiner Hand klebt und wir sterben an dieser Zigarette. Schlecht war mir sowieso.

Ein Hellblau, ein Klarblau, ein Diesigblau, Mittelblau, Lindgrün, Dunkelblau, Türkis, Türkisgrün, Hellgrün, Blaßgrün, Lindgrün, Dunkelgrün. Laß mich in Ruhe, komm nicht zu mir in Fleisch und Blut mit Haut und Haaren, bleib der Schemen, der du bist, werde niemals wirklich. Ich will nicht Tag und Nacht auf dich warten mit schmerzenden Gliedern und leerem Kopf inmitten all diesen Drecks, den das Leben erzeugt. Schau doch und lenk uns nicht ab, indem du mich weglocken willst von meinem Licht und meinen Farben in ein kaltes trostloses Land, das ja doch längst versunken ist. (Wenn die Eltern sterben, versinkt ihr Haus im Schlamm. Jeder, der einmal nach dem Tod seiner Eltern die Wohnung der Kindheit auflösen mußte, weiß, wovon ich spreche: Es landet alles auf dem Müll!)

Heute sind wir zu einer Hochzeit eingeladen. Komm, laß uns hingehen. Bevor wir zur Hochzeit gehen, küsse ich noch schnell deinen Nacken, bis die Poren hervortreten, aus denen die feinen Härchen wachsen, die sich aufstellen unter meiner Zunge. Ich küsse den Nacken hinauf, ich küsse die Haare gegen den Strich, ich beiße sie ab. Mir ist schlecht. Ich habe gerade meine Tage bekommen, der Bauch tut mir weh. Auch der Kopf.

Meine Tochter hat ihr lila Viskosekleid mit den aufgestickten Veilchen angezogen. In den Haaren trägt sie glitzernde Schmetterlingsspangen. Sie war noch nie bei einer Hochzeit und ist sehr aufgeregt.

Die Kirche ist grün und weiß geschmückt, grüne Blätter, weiße Blumen. (Es geht immer noch um die alte Symbolik: Grün die Hoffnung, weiß die Unschuld, obwohl niemand mehr hofft und keiner je so unschuldig ist, wie er tut.) Vorne, über dem Altar, hängt der Gekreuzigte. Wir sitzen in der letzten Reihe. (Gott sei Dank ein Sitzplatz. Wenn ich meine Tage habe, kann ich nicht stehen, ich falle dann um.) Die Braut läßt auf sich warten.

Ich bin so froh, daß du bei mir bist und nicht verschwinden kannst. Denn du bist nichts als eine Erfindung, ein engelhafter Schemen, eine Erscheinung. So gehörst du zu mir. Auch wenn keiner dich sieht. Komm, gib mir deine Hand. Ich werde uns eine Vergangenheit und eine Zukunft erfinden.

(Wir sind beide vierzehn und es ist während der Hochzeit meines Cousins auf dem Land, wo du lebst und Meßdiener bist. Es sind Sommerferien und ich bin schon zwei Wochen vor der Hochzeit bei meinem Onkel, dem Pfarrer, zu Besuch. Er wohnt in einem gelben Pfarrhaus mit einem Park davor und einer gelben Mauer rundherum. Der Mauer entlang wachsen Ribiselstauden, Himbeer- und Brombeerbüsche. Hinter der Mauer, zu den Obstwiesen hin, liegt ein Forellenteich, in dem mein Onkel manchmal fischt. Du gefällst mir gleich. Dein Meßdienergewand ist immer zu kurz, so daß unten deine Hose hervorschaut und deine immer lehmverkrusteten Schuhe. Was mir besonders an dir gefällt, ist, daß du so kräftig bist, aber kniest, daß deine Hände so groß sind, du sie aber faltest, daß deine Lippen so voll sind, daß man sie küssen möchte, du aber betest. Du hast das Weihrauchfaß in der Hand und schwenkst es hin und her, als du hinter dem Pfarrer und vor dem Brautpaar in die Kirche trittst. Ich komme viel weiter hinter dir mit meinen Eltern in die Kirche und sehe von hinten zu, wie du sehr aufrecht gehst und das weite Meßgewand hinter dir herweht und wie du das Weihrauchfaß so schwungvoll schwenkst. Du bist sehr blaß und der Rauch steigt auf, breitet sich aber nicht aus, sondern bleibt über dir stehen wie eine gespaltene Säule.)

Meine Tochter reckt den Hals, um alles zu sehen. Wir

warten immer noch auf die Braut. Der Dorfpolizist, der in der letzten Reihe neben uns sitzt, erzählt gerade, daß die Tochter des größten Möbelfabrikanten am Ort vor ein paar Jahren gar nicht zu ihrer Hochzeit gekommen sei. Der Dorfpolizist sagt, alle seien schon in der Kirche gesessen und hätten gewartet und gewartet, auch der Bräutigam habe am Arm seiner Mutter gewartet und gewartet und der Pfarrer auch, aber sie sei nicht gekommen. Sie habe dann einen anderen geheiratet und sei glücklich geworden. Voriges Jahr sei sie auf einmal tot umgefallen.

Der Bräutigam ist schon nervös. Er steht vorne am Altar. Im Knopfloch seines schwarzen Anzugs trägt er eine weiße Blume und ein grünes Blatt. An seinem Arm hängt seine Mutter. Auch sie ist nervös. Alle sind nervös. Auch die Fotografen, die immer wieder den Bräutigam und seine Mutter fotografieren. Sogar ein kleines Filmteam ist da. In diesem Land geben die Menschen viel mehr Geld aus für ihre Hochzeit als bei uns. Ich habe den Film gesehen, der bei der Hochzeit des Bruders des Bräutigams gedreht wurde. Alles war da festgehalten: das Verteilen der Einladungskarten, das Bestellen des Brautkleids, das Schmücken der Kirche und der Braut (der Bräutigam kam und zupfte den Schleier der Braut zurecht, so wie die Staatsoberhäupter die Schleifen der Kränze am Grab- oder Mahnmal zurechtzupfen).

Langsam füllt sich die Kirche. Meine Tochter will nichts versäumen. Sie tritt jetzt neben die Kirchenbank, um besser sehen zu können. Jetzt trifft die Familie der Braut ein. Die Kirche ist viel zu klein für diese Hochzeit. Gott sei Dank sitzen wir schon. Ein junger Mann mit Elvis-Presley-Tolle und dunkler Sonnenbrille kommt in die Kirche und küßt fast alle Menschen, die auf der linken Kirchenseite sitzen. (Dort sitzen die Verwandten der Braut, wir sitzen rechts, eingeladen vom Bräutigam.) Seltsam der junge Mann. Er küßt sowohl alte Frauen, Bauern als auch elegante Römerinnen. Alle lächeln, wenn er sie küßt. Vielleicht hat er in der Lotterie gewonnen oder seine Eltern sind gerade gestorben. Er setzt sich ziemlich weit vorne in eine Kirchenbank. Der Bräutigam steht immer noch hochroten Kopfes vor dem Altar, seine Mutter am Arm. Der Pfarrer ist jetzt hinzugetreten. Sie besprechen irgend etwas. Links vom Altar haben sich fünf alte Männer aufgestellt, zwei sehr schicke junge Männer mit hellen Anzügen, weiße Blume und grünes Blatt im Knopfloch, setzen sich auf Schemeln links vor die alten Männer.

(Ich besuche täglich die Frühmesse, um den Meßdiener zu sehen. Sobald ich dich sehe, muß ich dich unentwegt anschauen. Mir gefällt, wie du vor dem Altar kniest und betest. Du schaust immer weg, wenn ich dich ansehe.

Einmal, ich komme gerade vom Forellenteich, wo

ich gerne sitze und nachdenke und du kommst wahrscheinlich gerade von der Abendmesse, stoßen wir fast an der Hausecke zusammen. Ich sage: Hallo! und du wirst rot.

Wir gehen zusammen zum Forellenteich, setzen uns ins Gras und reden. Du sagst, daß dein Vater möchte, daß du bei Geburtstagsfeiern vor allen Gästen Klavier spielst, und ich sage, daß meine Mutter immer den Takt mitzählt, wenn ich Klavier übe.)

Die Braut, die endlich am Arm ihres Vaters die Kirche betritt, ist bleich. Ihr Vater, ein Bauer mit ebenmäßigem, ruhigem Gesicht ist auch bleich. Der Bräutigam und seine Mutter sind nach wie vor tiefrot im Gesicht. Der Bräutigam hat seine Brille abgenommen (sieht er so überhaupt noch etwas?). Der junge Mann mit der Elvis-Presley-Tolle hat seine dunkle Brille mit einer drahtlosen ungetönten Brille vertauscht. Ich trage Kontaktlinsen, die in den Augen brennen. Der Pfarrer ist wie durch ein Wunder plötzlich in sein Priestergewand gekleidet (gerade hatte er doch noch eine hellgraue Hose und ein hellblaues T-Shirt an). Der Bräutigam tastet nach seiner Braut. Alle lachen. Der Brautvater steht noch irgendwie ratlos neben dem Altar, während die Mutter des Bräutigams schon in der ersten Reihe rechts sitzt. Schließlich weist der Pfarrer den Brautvater in die erste Reihe links ein. Die schicken Jungs, die vorne auf den Schemeln vor den alten Männern gesessen sind, stehen auf. Jetzt stehen alle auf. Wir stehen auch auf. Ich hoffe, daß ich nicht allzu lange stehen muß. Du legst einen Arm um meine Schulter. Rechts vom Altar treten jetzt noch zwei junge Frauen hinzu, die fast das gleiche Kleid tragen. (Es liegt an der derzeitigen Mode, es sind enge, lange Kleider, modern, an deren Ausschnitt eine Art Seidenschal oder -schleier befestigt ist. Dieser Schleier will offenbar ständig runterrutschen und muß immer wieder neu um den Ausschnitt herum drapiert werden. Die Bewegungen der beiden jungen Frauen sind deshalb beinahe synchron.) Über allen schwebt der Gekreuzigte. Man sieht deutlich die beiden Nägel in den Händen und den einen, der beide Füße übereinanderhält. Hellrotes Blut tropft herab. Der Brautvater dreht sich um und winkt seine Frau zu sich heran, die irgendwie verwirrt im Kircheneingang stehengeblieben ist. (Vielleicht hat sie ja auch nur gerade jemanden begrüßt.) Meine Tochter reckt den Hals. Das Brautpaar steht nun gemeinsam vor dem Altar, Musik beginnt zu spielen und die fünf alten Männer fangen zu singen an. In der Kirche steht ein Heiliger in einer Nische, der trägt einen Köcher auf dem Rücken und hat einen Jagdhund dabei. Die Figuren sind bunt angemalt. Der Jagdhund hat rotunterlaufene Augen. Rechts vom Altar stehen, getrennt durch einen Kirchenbogen, Jesus und Maria auf je einem Steinsockel. Die Brust Jesu ist geöffnet, wir sehen sein blutendes Herz, Maria, ganz in Weiß, verdreht ihre Augen nach oben zur Kirchendecke, auf der verschiedene Lämmer auf einer großen grünen Wiese weiden. Maria schwebt direkt über dem Kopf der Brautmutter. Ich weiß nicht, welches Lied die alten Männer gerade singen, es ist ein trauriges Lied. Die Braut hat einen breiten Rücken. Ihr Bruder steht neben dem Vater links, die kleine Tochter des Bruders in weißem langem Kleid in der Mitte. Über dem Brautpaar schwebt der Gekreuzigte, vor ihm steht der Pfarrer, die Jungs vor ihren Schemeln kichern, die Frauen zupfen an den Seidenschals.

(Eines Abends, wir sind wieder zusammen zum Forellenteich gegangen, dessen Wasseroberfläche ganz glatt ist, Mücken hängen in Schwärmen darüber und ab und zu springt eine Forelle aus dem Wasser, um eine Mücke zu fangen, und fällt wieder platschend hinein, sagst du, in dem Haus eurer Wohnung gegenüber wohne ein schönes Mädchen, in das du verliebt seist. Ein Stich geht mitten durch mich hindurch. Das tut weh. Aber ich lasse mir nichts anmerken. Ich kann ziemlich tapfer sein, wenn es darauf ankommt.

Und? frage ich.

Das schöne Mädchen beachtet mich gar nicht, sagst du.

Es hat Angst, sage ich.

Nein, sagst du, es hat keine Angst.

Dann ist es schüchtern, sage ich.

Nein, sagst du, es ist auch nicht schüchtern.

Dann ist es stolz, sage ich, du mußt es eifersüchtig machen, dann beachtet es dich.

Du schaust mich neugierig an, da ist ein Funkeln in deinen Augen.

Wie soll ich das machen? fragst du.

Ich streiche dir über die Haare. Sie sind fest und drahtig.

So, sage ich, mußt du es machen, und du schaust mich unentwegt an. In deinen braunen Augen sind grüne Einsprengsel. Vielleicht sind es Reflexionen der Sonne.

Meinst du, sagst du am Forellenteich, die Sonne geht gerade unter und taucht die Wolken über uns in Rot, Rosa und Violett, meinst du, daß es so eifersüchtig wird? Und du streichst mir auch über die Haare.

Vielleicht, sage ich.

Und wenn nicht? fragst du und die Sommerwiese um uns herum ist voller Margeriten und Löwenzahn und der Himmel ist still und bunt.)

Die alten Männer hören zu singen auf. Wir setzen uns. Jetzt beginnt der Part des Pfarrers. Er spricht endlos lange. Ich verstehe nicht alles, aber so viel ist klar, daß er sich heute launig gibt. Er kann auch ganz anders. Ich habe ihn schon eine Strafpredigt halten hören. Beim Fest des Schutzheiligen seiner Kirche, San Roccho, ist er auf den Kirchenbalkon getreten und die Menschen sind unter ihm gestanden und haben gerade noch Schlagermusik gehört und ein Feuerwerk gesehen und plötzlich steht der Pfarrer auf dem Kirchenbalkon und predigt von oben herab gegen die Gleichgültigkeit der Menschen, gegen das Konsumverhalten und den Werteverlust, genau habe ich es auch nicht verstanden, ich habe nur gesehen, wie er die Fäuste geballt und geschüttelt hat und ich habe gehört, wie er geschrien hat und niemand außer meinem deutschen Freund Wolfgang hat währenddessen auf dem Platz vor der Kirche geraucht.

Er ist wahrscheinlich ein guter Pfarrer, er spricht lange mit der Braut und dem Bräutigam. Er scheint sie auch etwas zu fragen, ich kann von meiner letzten Reihe aus nichts verstehen, höre die Braut aber etwas wispern, sehe auch, daß sie heftig mit dem Kopf nickt. Der Pfarrer spricht und spricht, der Kopf des Gekreuzigten ist zur Seite gefallen, sein Martyrium dauert und dauert an, die Jungs, die ebenfalls längst wieder auf ihren Schemeln sitzen, haben die Beine übereinandergeschlagen, meine Tochter stützt sich auf der Kirchenbank ab, sie kann nur mehr mit Mühe stehen, hat aber Angst, flüstert sie mir zu, den Ringtausch zu versäumen – jetzt gähnt sie, sie schläft zu wenig –, der Pfarrer spricht auch die Brauteltern an. Die Mutter des Bräutigams sagt etwas wie »goia«, Freude, offenbar hat der Pfarrer sie gefragt, was sie dem Brautpaar wünscht, sie sagt auch, glaube ich: Gesundheit. Der Brautvater sagt gar nichts. Er ist sowieso den ganzen Tag noch nichts gefragt worden.

(Und wenn nicht?

Und wenn das schöne Mädchen auch dann nicht eifersüchtig wird?

Wenn es auch dann nicht eifersüchtig wird, sage ich, dann mußt du mein Gesicht streicheln, dann wird es sicher eifersüchtig.

Ja? fragst du und bist rot im Gesicht, als du mit deinem breiten Daumen die Linie meiner Nase nachfährst, die Backenknochen, die Augenbrauen, das Kinn, die Lippen.

Und wenn nicht? fragst du wieder.

Wir schauen uns an und die Sommerwiese verschwimmt im Hintergrund, die Farben am Himmel verblassen, der Teich ist weit weg, wir sitzen ganz nahe beieinander, deine Hand liegt jetzt auf meiner Wange, meine Wange liegt in deiner Hand. Und wenn nicht? Meinst du, es wird eifersüchtig sein, wenn ich deine Hand halte?

Ich nicke.

Wir liegen nebeneinander in der Sommerwiese, Hand in Hand, über uns ist ein Apfelbaum, es ist noch immer heiß, wir schwitzen.

Und wenn nicht?

Dann mußt du mich küssen. Unter dem Apfelbaum

am Forellenteich, über dem Mückenschwärme hängen. Im Schatten der gelben Pfarrhofmauer, wo Stachelbeeren und Himbeeren und Ribisel wachsen. Die Mücken surren, die Fische schnappen nach den Mücken, Schmetterlinge sitzen auf den Blumen.

Und wenn nicht? Und wenn nicht?)

Der Pfarrer spricht noch immer, alles frei, alles leicht, alles lächelnd. Er scherzt und wird wieder ernst, wendet sich an die Jungs auf den Schemeln, die sofort die Beine nebeneinanderstellen, spricht auch die jungen Frauen rechts neben dem Altar an. Die zupfen daraufhin verstärkt an ihren Schals. Der Brautvater, Piero, der sonst nie einen Anzug trägt, stützt sich auf der Kirchenbank ab, meine Tochter kann offenbar nicht mehr, sie kommt in die Bank und setzt sich auf meinen Schoß. Es wird ernst, der Pfarrer wird ernst, nachdem er die ganze Kirche noch einmal zum Lachen gebracht hat. Jetzt sind die beiden dran. Braut und Bräutigam. Sie lesen etwas vor, oder besser, sie wispern etwas vor, kein Mensch kann das verstehen, muß aber auch niemand verstehen, die meisten wissen sowieso, was jetzt vorgelesen wird. Nur ich weiß nichts. Die beiden tun mir plötzlich so leid, sie stehen da wie Kinder, die ihnen selbst vollkommen rätselhafte Riten vollziehen. Vielleicht geschieht nachher etwas Entsetzliches mit ihnen, vielleicht werden sie beschnitten oder gebrandmarkt, oder die Braut fällt in Ohnmacht oder sie glauben auf einmal nicht mehr an die Liebe oder wissen gar nicht, was das ist. Das kleine Mädchen in der ersten Reihe links, die Tochter des Bruders der Braut, steht auf und wird von ihrem Vater nach vorne geschubst. Es hält etwas in der Hand, das kriegt der Pfarrer. Brav gemacht! Meine Tochter ist begeistert. So ein kleines Kind und darf etwas nach vorne bringen, mitten in die Zeremonie hinein und das brave kleine Kind ist nicht gestolpert, es hat das Päckchen, oder was es da hielt, nicht fallen gelassen. Alles ist gutgegangen, alle scheinen aufzuatmen, der Pfarrer lächelt, ihn erschüttert sowieso nichts. Ich habe langsam den Eindruck, für so eine Hochzeit braucht man Nerven wie Drahtseile. Niemals würde ich das durchstehen. Wieder sind alle in der Kirche aufgestanden, aber diesmal habe ich den Eindruck, es gehört gar nicht zum Ritual. Alle recken die Köpfe. Der Pfarrer hält das Päckchen fest in der Hand. Es ist gar kein Päckchen. Es ist ein kleines Samtkissen. Darauf müssen die Ringe liegen. Auch wenn wir die Köpfe noch so recken, können wir nicht genau sehen, wie das Brautpaar unter dem während seines ewigen Martyriums den Kopf neigenden Gekreuzigten einander die Ringe ansteckt. *Ja* habe ich keines gehört, muß aber wohl gesagt worden sein, der Pfarrer spricht noch einmal laut und deutlich, ja dröhnend und ein wenig drohend sogar. Er wird doch nicht noch eine Strafpredigt halten, um das Ungeheuerliche zu verdammen, das er im Begriff ist zu segnen.

Aber nein, es war nur ein kurzer Impuls, ein Reflex sozusagen, seine Stimme ist schon wieder samtig: Du, mein Lieber... und du, meine Liebe... ihr beide, und zwar für immer und ewig, durch dick und dünn, durch das Gestrüpp und den Urwald, zurück zu den Vorfahren, die ja auch schon... und damals noch täglich, stündlich, minütlich... Damals noch mit Haut und Haar und zu keinem anderen Zweck als eben diesem.

(Daß es ein Spiel ist und daß es so ernst ist, hat das Mädchen erschreckt. Welche Kräfte werden da frei und was für ein Schmerz? Was ist Kraft und was ist Schmerz? Was ist Stärke und was ist Schwäche? Und ist nicht die Stärke des einen zugleich seine Schwäche und die Schwäche des anderen Stärke? Was für ein Begehren entsteht, wenn die Welt im Sumpf versinkt und die roten Äpfel am Baum zu leuchten beginnen? Ist das das wirkliche Leben und alles andere nur vorgetäuscht, um das eine Geheimnis zu vertuschen? Nageln sie darum ihre Menschen ans Kreuz, und zwar für immer und ewig, bis daß der Tod es beendet?)

Ja, er hat es gesagt, es ist gesagt und damit getan. Das Urteil ist gesprochen. Unaufhebbar. Die Folge ist Schuld und Sühne. Ans Kreuz mit uns allen.

Es ist ganz still in der Kirche und in diese Stille hinein singt einer der alten Männer, Lino, er ist groß und dick und hat einen taubstummen Sohn, das Ave Maria. Das Ave Maria war das Lieblingslied meiner Mutter und nicht einmal bei ihrem Begräbnis ist es gelungen, eine nicht verkitschte Version des Ave Maria zu spielen. Nur hier ist es möglich, zum ersten- und zum letztenmal in seiner Geschichte wird das Ave Maria unverkitscht gesungen, weil Lino mit dem taubstummen Sohn es singt.

Frauen werden sentimental, wenn sie ihre Tage haben, ich kämpfe mit den Tränen, ich blinzle und blinzle, will nicht weinen, denn das Filmteam filmt alles, die Ringe sind an den Fingern, bis daß der Tod ... der Pfarrer steht ernst da, das Ave Maria verklingt und die Filmer filmen alles. Warum sollte da eine Ausländerin in der letzten Kirchenbank sitzen und heulen, weil zwei Kinder, bis daß der Tod sie scheidet ... Einen Augenblick beneide ich sie so sehr, die beiden da vorne, Hand in Hand und irgendwie ganz verloren. So, denke ich einen Augenblick, müßte es sein, für immer und ewig, bis daß der Tod uns scheidet, und alles vor den Augen aller, hunderte Zeugen und alle sehen, daß wir füreinander bestimmt sind, das alles ist so ungeheuer gradlinig, so und nur so kann und soll und darf es sein. Aber meine Mutter hat nicht gelächelt wie Markus im Pflegeheim behauptete, du hast selbst gesehen, daß sie nicht gelächelt hat. Sie war ganz ernst und das Blut ist aus ihrer Haut gesickert und sie war winzig klein und so kalt wie ein Stein, nur ihre Haare waren weich wie Seide.

Das Ave Maria klingt noch im Raum nach, obwohl inzwischen schon ganz etwas anderes los ist, ich weiß nicht genau, was, weil ich nichts sehe, die Tränen in den Augen lassen sich nicht wegblinzeln. Meine Tochter gähnt, die Jungs stehen von ihren Schemeln auf, die jungen Frauen zupfen ihre Schals zurecht, die Braut unterschreibt etwas, dann der Bräutigam, dann die Jungs und die jungen Frauen – aha, Trauzeugen, aber wieso hier, in der Kirche, unterschreibt man denn nicht im Standesamt? Der Pfarrer findet es in Ordnung, zufrieden streicht er über sein Gewand. Ich habe nicht gesehen, daß das Brautpaar sich geküßt hätte, eine Glocke läutet, was ist denn jetzt schon wieder los? Das Brautpaar tritt zum Pfarrer, trinkt Blut und ißt den Leib. Alles ist nur dazu angetan, das Ungeheure zu mildern oder zu vertuschen. Menschen treten aus ihren Kirchenbänken und gehen nach vorne zum Altar, vor dem der Pfarrer steht mit dem Fleisch und dem Blut. Hauptsächlich gehen alte Frauen nach vorne, ein paar alte Bauern, Kinder. Ein Mädchen hat ein blaues Kleid an und trägt eine grüne Tasche, die baumelt an seiner Schulter, als es vom Altar zurückkommt. Die Frau des Physiklehrers, der am hiesigen Gymnasium unterrichtet, geht auch zur Kommunion. Als sie in ihre Bank vor mir zurückgekehrt ist, kniet sie nieder, den Kopf gesenkt und in die Hände gestützt. Der Kopf zittert. Was für eine Schuld trägt sie da eigentlich ab?

Kaum ist das Mahl beendet, strömen alle aus der Kirche. Ich dachte immer, die Braut und der Bräutigam gehen voraus und dann erst folgen die Hochzeitsgäste, aber es hat hier den Anschein, als hätten nun alle endgültig genug von den Hochzeiten und könnten nicht mehr warten. Wahrscheinlich haben die Menschen nach dem Fleisch und Blut Appetit bekommen auf Kräftigeres und auf größere Mengen. Ein Gedränge entsteht an der Tür. Das Ave Maria ist immer noch im Raum. Das Brautpaar, die Brauteltern und die Trauzeugen haben sich um den Pfarrer versammelt, der wie durch ein Wunder wieder seine ursprüngliche Kleidung anhat. Wir verlassen als letzte Hochzeitsgäste die Kirche.

Draußen in der Hitze warten wir lange auf das Brautpaar. Was ist los? Vielleicht ist etwas passiert. Die Seile, mit denen der Gekreuzigte an der Decke befestigt ist, könnten gerissen sein und er könnte auf den Pfarrer und die Gruppe, die sich um ihn geschart hat, gefallen sein oder das Kirchendach könnte eingestürzt sein, so etwas kommt vor. Oder die Brautleute haben sich mit ihren Eltern und den Zeugen und dem Pfarrer durch eine Hintertür hinausgeschlichen und hoffen so, alles ungeschehen machen zu können. Wir haben alle Reis in der Hand. Als das Brautpaar endlich kommt, bewerfen wir es mit Reis. Es muß beide Arme vor das Gesicht halten, um die Reiskörner nicht in die Augen zu bekommen. Auch die Brauteltern werden mit Reis beworfen. Dann geht es los zum Essen. Wir fahren mit dem dicken Giovanni, dessen Frau voriges Jahr an Krebs gestorben ist. Vorne neben Giovanni sitzt Antonio, der Deutsch spricht, wenn er betrunken ist. Aber noch ist es nicht so weit. Wir sind alle schweißgebadet, es ist ungeheuer heiß.

Nach einer Viertelstunde Autofahrt sind wir vor dem neu ausgebauten Restaurant in einem kleinen Nachbarort angekommen. Zum Restaurant gehören ein englischer Mini-Park mit einem Seerosenteich, über den eine Brücke führt, und ein Mini-Wasserfall, der in Kaskaden über seltsam anmutende karstige Steine im Rasen fällt.

Unter dem Vordach des Restaurants ist in sengender Hitze ein Vorspeisenbuffet aufgebaut. Meine Tochter ist begeistert, denn es gibt unter anderem vier Sorten Kartoffelchips. Es gibt auch Schinken, Lachs, Käse, was weiß ich noch alles. Ich habe keinen Hunger, mir ist schlecht. Es ist dreizehn Uhr fünfzehn. Ich muß sofort auf die Toilette, neuer Tampon, neue Binde, alles rinnt, ich habe Bauchweh und es sieht so aus, als würden wir nun mindestens eine Stunde mit einem Glas in der Hand herumstehen. Ich habe keine Lust, mich zu unterhalten. Meiner Tochter ist heiß. In der Wiese steht eine Tafel mit der Sitzordnung beim Hochzeitsbankett. Links von der Tafel steht ein kleines Schloß aus Pappe.

Meine Tochter fragt warum, aber ich weiß es nicht. Ich frage eine Lehrerin aus Cave, die schon eine Weile schweigend neben mir steht, wahrscheinlich, um mir Gesellschaft zu leisten, was ich ja gerade vermeiden wollte, aber die Lehrerin aus Cave denkt wahrscheinlich, daß Ausländer auf italienischen Hochzeiten einsam sind und man ihnen deshalb Gesellschaft leisten muß. Die Lehrerin weiß auch nicht, warum neben der Tafel mit der Sitzordnung beim Hochzeitsbankett ein kleines Pappmachéschloß steht. Der Mann der Lehrerin aus Cave filmt gerade die Tafel mit der Sitzordnung beim Hochzeitsbankett. Alle trinken Unmengen von Wasser. Hier werden nicht wie bei uns gleich zu Beginn solcher Festlichkeiten Schnäpse gereicht. Die Menschen würden ja kollabieren bei der Hitze. Du stehst bei einer Gruppe von zwei Männern und zwei Frauen, die nicht aus dem Ort sind. Sie schauen aus wie Mailänder. Die Männer haben graue Schläfen und Schnauzbärte. Die Frauen schauen immer wieder zu mir her. Ich trete unter Aufbringung aller meiner Kräfte zu euch. Die vier kommen wirklich aus Mailand. Die Männer sind Gewerkschaftsfunktionäre. Einer erzählt gerade, daß er eine Frau kannte, die unfruchtbar war, und dann hatte sie einen Schiunfall. Neun Monate später war sie Mutter. Aber dann, das Kind war noch klein, ist sie plötzlich umgefallen und war tot. Du schaust mich an und lachst. Ein offener Sportwagen – Alfa Romeo – kommt herangefahren. Darin sitzt der mit der Elvis-Presley-Tolle und eine sehr kurvenreiche Frau. Die beiden steigen aus, ohne das Auto einzuparken. Sofort sind sie Mittelpunkt der Gesellschaft. Ich erfahre von den Gewerkschaftsfunktionären, daß er Zahnarzt ist. Er küßt fast alle Hochzeitsgäste. Dann tritt er etwas beiseite und küßt lange und ausführlich die kurvenreiche Frau. Die beiden sind vollkommen in ihrer Umarmung versunken. Ein Kellner kommt und bringt ein paar bequeme Stühle. Der Zahnarzt und seine Frau setzen sich. Über ihnen wird ein Sonnenschirm aufgespannt. Es ist zwei Uhr, das Brautpaar ist immer noch nicht eingetroffen. Meine Tochter hat sich mit dem Mädchen mit dem blauen Kleid und der grünen Tasche angefreundet. Sie bespritzen einander mit Wasser vom Wasserfall. Ich setze mich auf einen Stein unter einer Palme. Selbst wenn die Gefahr besteht, daß mein enger Rock zerreißt. Ich falle sonst um. Ich habe mir eine Wasserflasche mitgenommen, die trinke ich leer. Immer, wenn ich aufschaue, schaut jemand, der mich gerade angeschaut hat, weg. Der Brautvater sitzt auf einem anderen Stein unter einer anderen Palme. Ich nicke ihm zu und er nickt auch. Meine Tochter kommt und fragt, wo die Braut bleibt. Aber das weiß niemand. Auch die Brautmutter, die ich im Namen meiner Tochter fragen muß, weiß es nicht. Die Lehrerin aus Cave tippt mir auf die Schulter. Sie hat ein paar Stühle im Schatten organisiert.

Ich setze mich zu ihr. Meine Tochter sagt, ich soll mit ihr spielen. Ich sage, sie soll noch ein paar Chips essen. Sie ißt noch drei Portionen Chips.

(Der Meßdiener sitzt während des Hochzeitsmahls dem Mädchen gegenüber. Warum starrt er mich so an? Warum ist er so blaß, und warum hat er so dunkle Ringe unter den Augen? Ist es, weil er immer noch um das schöne Mädchen weint?)

Es ist jetzt halb drei Uhr und das Brautpaar ist immer noch nicht eingetroffen. Der Bruder der Braut weiß auch nicht, wo die beiden sind. Er telephoniert mit seinem Handy. Der Bruder des Bräutigams telephoniert auch. Plötzlich stehen überall Menschen mit Handys am Ohr. Die Lehrerin aus Cave fragt mich, wie meine Tochter denn am Unterricht teilnehmen soll, wenn sie nicht Italienisch spricht. Ich antworte, daß sie anfangs gar nichts verstehen wird, nach einem Monat etwas und nach ein paar Monaten alles. Die Lehrerin aus Cave nickt heftig. Bei einer guten Lehrerin ja, sagt sie und schaut dabei meiner Tochter zu, die gerade mit ihrer neuen Freundin Himmel und Hölle spielt. Da kommt der Pfarrer. Er wirkt sehr beschwingt, nimmt immer zwei Stufen auf einmal. Wahrscheinlich fühlt er sich wohl, weil er als einziger Mann keinen schwarzen Anzug anhat. Er hat seine graue Hose und das blaue T-Shirt an. Meine Tochter läuft an dem Pfarrer vorbei und er legt einen Moment seine Hand auf ihren Kopf. So schnell kann das gehen, schon ist sie gesegnet! Ich esse keinen Bissen von dem Vorspeisenbuffet, sondern gehe in die Damentoilette und nehme meine Kontaktlinsen heraus. Die Augen sind schon ganz rot. Ich vertrage tagsüber keine Kontaktlinsen. Ich setze meine optische Sonnenbrille auf. Als ich aus dem Bad komme, stoße ich fast mit dem Zahnarzt mit der Elvis-Presley-Tolle zusammen, der gerade aus der Herrentoilette nebenan kommt. Offenbar hat er seine Kontaktlinsen gerade eingesetzt, er trägt keine Brille. Er legt eine Hand auf meinen Arm. Bin ich jetzt auch gesegnet? Ich gehe zurück auf die heiße Terrasse und trinke noch ein großes Glas Mineralwasser. Der Zahnarzt stürzt auf seine Frau zu und küßt sie wieder lange. Um fünfzehn Uhr trifft das Brautpaar endlich ein. Die Hochzeitsgäste klatschen. Er ist nach wie vor tiefrot im Gesicht, sie hat jetzt auch Farbe bekommen. Kaum hat das Brautpaar ein wenig mühsam – wegen langem Kleid und Schleier – die Stufen zur Terrasse erklommen, drängen alle in den Eßsaal. Wir wissen nicht, wo wir uns hinsetzen sollen. Der Dorfpolizist winkt uns an seinen Tisch. Auf dem Tisch liegen rosarote Glitzerdecken und rosarote Glitzerservietten aus Stoff. Das Brautpaar hat einen prächtig geschmückten Einzeltisch, aber zum Erstaunen meiner Tochter setzt es sich nicht an den Einzeltisch, sondern an die Haupttafel zu den Eltern und Geschwistern. Der Einzeltisch bleibt unberührt. Zahnarzt und Frau sitzen mit den Gewerkschaftsfunktionären an einem Tisch in unserer Nähe. Ein Fotograf geht herum und fotografiert die Hochzeitsgäste. Meine Tochter fotografiert er besonders oft. Wahrscheinlich, weil sie blond ist. Dann folgt ein zehngängiges Hochzeitsmahl. Mir ist schlecht.

(Meßdiener, warum starrst du mich so an? Warum bist du so blaß und hast so dunkle Ringe unter den Augen? Komm, wir gehen hinunter zum Forellenteich, dort zeige ich dir dann, wie du das schöne Mädchen wirklich eifersüchtig machen kannst.

Später werden wir dann zum Forellenteich gehen und wir werden im Gras unter dem Apfelbaum liegen und ich werde dich mit einem Grashalm am Hals kitzeln und du wirst mich mit dem Grashalm zu dir hinziehen, als wäre der Grashalm ein Seil und ich leicht wie eine Feder. Ich werde auf dir liegen und in dein Gesicht schauen und du wirst mir die Haare aus der Stirn streichen und ich werde mich nackt fühlen. Wir werden uns küssen und du wirst mich berühren und deine Hand wird zittern, wenn du die Stelle an meinem Körper suchen wirst, die du noch nicht kennst, und du wirst die Stelle an meinem Körper finden. Du wirst mich küssen und streicheln und du wirst sagen, daß du mich liebst und daß es das andere Mädchen gar nicht gibt. Du wirst sagen, daß das schöne Mädchen nur eine Erfindung war. Du wirst sagen, daß du nie ein anderes Mädchen geliebt hast und daß du nie ein anderes Mädchen lieben wirst. Du wirst stammeln und dazwischen stöhnen, du wirst meinen Hals küssen und immer wieder sagen, daß du mich liebst. Aber ich werde dir nicht glauben.)

Wir sind bei den Nachspeisen angelangt. Es gibt Zuppa Inglese, Tiramisu und Torta Romana, dazu Sekt, Digestivi und Kaffee. Ich trinke zwei starke Espressi und drei Gläser Sekt. Es geht mir jetzt ziemlich gut. Das Bauchweh hat nachgelassen, das Blut rinnt ruhig und schmerzlos aus mir heraus.

Ich mag die vom Essen erschöpften Hochzeitsgäste lieber als die frischen vom Anfang.

(Still werden die Obstgärten in der Abendsonne liegen. Der Teich wird glatt sein. Ab und zu wird eine Forelle aus dem Wasser springen und nach einer Mücke schnappen. Es wird platschen, wenn sie zurück ins Wasser fällt. Der Kies wird unter meinen Sohlen knirschen, wenn ich weglaufe. Ich werde mich in meinem Zimmer im Pfarrhaus einsperren. Am nächsten Tag wird plötzlich meine Mutter im Pfarrhaus stehen und mich abholen. Die Sommerferien werden zu Ende sein. Nach diesem Sommer werde ich zum erstenmal die Regel bekommen.)

Das Hochzeitspaar fährt in dem Auto vor uns davon. Es wirkt erschöpft. Wir winken, es winkt zurück. Wir fahren wieder mit Giovanni. Vorne neben ihm sitzt wieder Antonio. »Wünsche noch geruhsamen Abend und schöne Nacht«, sagt Antonio, als wir aussteigen, auf deutsch. Er ist so betrunken, daß wir auf Giovannis Seite aussteigen, um ihn nicht zu stören. Wir gehen die Gassen hinunter zu unserer Wohnung. Meine Tochter ist müde. Sie geht sofort ins Bett. Wir sitzen noch ein wenig auf der Terrasse und schauen über das Land, das zu dunkeln beginnt. Wie jeden Abend dunkelt es in anderen Farben als am Abend zuvor (heute dunkelt es blauviolett!), wie jeden Abend treten bestimmte Teile der Landschaft in den Vordergrund, während andere verschwimmen in diesigem Blau. Artena in weiter Entfernung leuchtet noch golden, während San Vito in unserer Nähe bereits mit dem Dunkel der Berge verschwimmt. Dein Arm liegt auf meiner Schulter.

Nach jener Nacht, als du mich zum erstenmal allein gelassen, also verraten hattest und nachdem ich dann am Morgen darauf die Nachricht vom Tod meiner Mutter erhielt, was meine Angst vor der Liebe milderte und deinen Verrat, denn du warst auf einmal vom Fest verschwunden, ohne ein Wort zu sagen, was du später noch öfter machen wirst, so daß ich dich nachts auf Parkplätzen oder auf unbeleuchteten Wegen suchen werde, nach jener Nacht und dem Tag, als wir in die Berge gefahren waren, wo du mir erschienen bist, und zwar in einem Lichtstrahl, der durch die Wolken fiel und die Berge, die karstig und kalt gewesen waren, in ein warmes Gold tauchte, so daß sie nicht karstig und kalt aussahen, sondern golden und grün, und ich dich dann endgültig erfunden hatte, und nachdem wir schließlich in meine Geburtsstadt gefahren waren, um das Begräbnis meiner Mutter vorzubereiten, und zuerst zum Friedhof fuhren, um ihren Sarg öffnen zu lassen, und nachdem der betrunkene Friedhofswärter am Fußende des Sargdeckels lange hin- und hergeschwankt hatte, so daß die Gefahr bestand, daß der Sargdeckel zu Boden fallen würde, bis es dann doch gelang und der Deckel vom Sarg meiner Mutter entfernt war und ich mich über ihren Körper beugte – sie ist so klein, dachte ich, so klein ist meine Mutter doch nie gewesen und ich dachte auch, das Blut, das aus ihrem Mund und ihrem Ohr und ihren Augen rann, sei kein altes, geronnenes Blut, sondern frisches Blut, denn es war hellrotes Blut, so hellrot wie das Blut der Königin, die sich in den Finger stach und die Blutstropfen in den Schnee fallen sah, weshalb sie das Mädchen, das sie kurz darauf gebar, Schneewittchen nannte: die Haut so weiß wie Schnee, die Wangen so rot wie Blut, die Haare so schwarz wie Ebenholz (das mit dem Ebenholz lag, soweit ich mich erinnere, an dem Ebenholzfensterrahmen. Die Königin saß im geöffneten Fenster und spann, dabei starrte sie in den Schnee hinaus, stach sich mit der Spindel in den Finger und blutete. Außerdem war bestimmt irgendein Zauber im Spiel, so wie meist: Du gibst mir das und ich gebe dir das. Du mir die schönen Rapunzeln im Garten und ich schenk dir ein Kind. Und wenn ich erst einmal schwanger bin, dann gehörst du mir ganz, mit Haut und Haarwurzel, mit Haarrinde und Mark und Bein und mit Talg, Schweiß, Salz, Wasser und Blut) –, und nachdem ich mich über meine immer noch von ihrem Tod blutende Mutter gebeugt und den Zweig auf ihren Oberkörper gelegt hatte, über die Stelle, an der das Blut ohne Körperöffnung aus ihrer Haut sickerte, und nachdem ich ihre harten Hände berührt und einen Augenblick lang Angst gehabt hatte, sie würde mich hinunterziehen zu sich in den Sarg und mitnehmen in ihren kalten Tod, und nachdem ich dich hinter mir stehen und deine Hände auf meinen Schultern gespürt hatte, da begriff ich auf einmal, daß sie mich gar nicht hinunterziehen konnte in ihre Kälte und mich auch nie hatte hinunterziehen wollen in ihre Kälte, sondern mich eigentlich immer hatte einhüllen wollen in ihre Wärme, auch, als sie mir damals, als ich zum erstenmal blutete, den Gürtel brachte und sagte: Jetzt bist du eine Frau! Wovor mir aber ekelte. Ich wollte keine Frau sein. Alles, nur das nicht! Frau sein bedeutete kalte Hände haben und Kinder kriegen, die man später mit sich reißen würde in den eigenen kalten Tod. Was gibt es Gräßlicheres, dachte ich, als eine offene Wunde mit sich herumzutragen, die einmal im Monat zu bluten beginnt aus irgendwelchen Körpertiefen hinauf bis zur Oberfläche des Körpers, so daß hellrotes Blut aus dem Körper kommt, das man auffangen muß mit Binden und dicken Wattebauschen und Gürteln, die die Binden und Wattebausche halten. Was für eine gräßliche Erfindung, dachte ich, der Körper der Frau ist, was für ein Horror, ein Leben lang zu bluten, was für eine gräßliche Wunde, die sich nie schließt, was für eine Schuld, wofür die Strafe und was ist die Sühne? Und die warme Hand auf meiner Schulter bewahrte mich vor dem Erstarren, vor der erneut aufsteigenden Kälte und vor dem ganzen Horror, der das Leben ist.

Ich küsse deine Hand, die immer noch auf meiner Schulter liegt. Und während das Land vor uns in immer tieferem Blauviolett versinkt, spüre ich dein Handgelenk unter der Haut, die verschiedenen Knochen. Willst du mich heiraten? Grün und weiß, Hoffnung und Unschuld und wir beide für immer und ewig? Was für ein alter Traum, den dieses Land träumt, versunken in Farben und Formen, nie gleich das Licht und der Abend, immer verschieden die Formen und Konturen, kein Tag, der dem anderen ähnelt. Kein Blick, kein Lächeln, keine Hautfalte und Pore, kein Handwurzelknochen, kein Mittelhandknochen und kein Fingerknochen, der einem anderen gleicht, überall die Muskelstränge verschieden, jedesmal anders der Strom des Blutes durch die Körper. Wir haben so mühsam gelernt, die Ähnlichkeiten festzustellen, den Aufbau des Körpers und der Landschaft, wir haben Tabellen angelegt für all die Ähnlichkeiten und Karten gezeichnet von der Erde und Skizzen von den Muskelsträngen, damit wir uns nicht verirren in der Landschaft, die sich wandelt, und in den Körpern, die wir lieben, daß wir nur, wenn der Mut am größten ist oder die Einsamkeit oder die Sehnsucht, die Tabellen vergessen und die Skizzen und Karten und lostorkeln in die verschattete Gegenwart, die so einmalig ist, daß nichts uns an etwas erinnert oder alles an alles. Der Mensch, rasend vor Angst und hilflos in den Sümpfen umherirrend, hat Karten erfunden in seinem Schrecken und ich erfinde dich in dem schwarzen Loch (kein Raum und keine Zeit!) zwischen zwei Gedanken. Ich spüre die Sehnen deiner Fingerstreckmuskeln, die Muskeln zwischen den Handknochen, den Beugemuskel des kleinen Fingers und den langen Muskel, der deinen Daumen anzieht. Zieh den Daumen an und strecke ihn und auch den kleinen Finger. Spiele mit deinen Fingern auf meinem Körper und verlasse mich nie mehr.

Und eine Geburt

Ich lege mich ins Bett und ziehe die Decke über meinen Kopf. In der Dunkelheit unter der Decke explodieren kleine grüne Sonnen hinter meinen geschlossenen Lidern. Ich habe noch nicht geschlafen. Die Schmerzen sind wie die Schmerzen am ersten Tag der Menstruation. Ziehend, irgendwie. Eher lästig als quälend. Ich bin bereits zehn Tage über dem von meinem Frauenarzt errechneten Geburtstermin, unbeweglich, schwerfällig, kurzatmig. Weiterschlafen, wenn die Wehen in der Nacht beginnen. Aber an Schlaf ist nicht zu denken! Ich wälze mich schwerfällig von einer Seite auf die andere, stoppe den Abstand zwischen den Wehen und bin bereit fürs Gebären. Als ich um fünf Uhr früh aufstehe, weil ich es liegend nicht mehr aushalte, schneit es draußen. Es ist Donnerstag, der 28. März, ein Tag vor Karfreitag.

Ich gehe eine Runde um den See, Bewegung, Ablenkung, frische Luft. Als ich den See zur Hälfte umrundet habe, denke ich schon, ich schaffe es nicht mehr zurück in meine Wohnung. Die Wehen kommen jetzt alle fünf Minuten. Ich bleibe stehen, presse beide Hände in die Taille, knicke den Oberkörper ab und atme tief durch. An den Schmerzen ändert das nichts. Die Luft ist kalt und würzig, der Wald an der Stirnseite des Sees klirrend weiß vor Schnee. Als ich gerade das Haus erreiche, in dem meine Wohnung liegt, kommt meine Nachbarin heraus. Sie fragt mich, ob es schon sehr weh täte. Ja, sage ich, es tut sehr weh, ich könne mir nicht vorstellen, daß es noch viel weher tun könne. Sie lächelt. Ich verschließe die Wohnungstür hinter mir. Seit drei Wochen lachen mich selbst wildfremde Frauen auf der Straße an. Der Frauenarzt hatte mir vor sieben Monaten lächelnd ein gelbes Heftchen in die Hand gedrückt, aus dem ich entnehmen konnte, später, in der Straßenbahn, daß ich schwanger war. Dreimal hatte ich zuvor die Apotheke betreten, um einen Schwangerschaftstest zu kaufen, jedesmal kam ich doch nur mit Aspirin wieder heraus, weil ich mich vor dem Lächeln des Apothekers fürchtete. So eine Schwangerschaft ist seltsam. Im Gymnastikkurs haben wir wie die Schafe gehechelt, als wir übten, die ersten Preßwehen zu überatmen. Herr Doktor König aus dem Krankenhaus, den ich alle drei Tage aufsuchen mußte, weil ich über dem errechneten Geburtstermin lag, telephonierte minutenlang mit seiner Freundin, während ich mit gespreizten Beinen auf seinem Untersuchungsstuhl lag.

Das Kind, mit dem meine Mutter vor mir schwanger gewesen war, befand sich in Steißlage. Natürliches Gebären war modern geworden, und der Frauenarzt meiner Mutter hatte sich in den Kopf gesetzt, das Kind während der Geburt zu drehen. Das Kind erstickte schließlich während der Geburt und mußte im Leib meiner Mutter zerstückelt werden, um es aus ihr herausholen zu können. Dabei wurde meine Mutter so stark verletzt, daß später, bei mir, an eine natürliche Geburt nicht mehr zu denken war. Ich wurde durch einen Kaiserschnitt geboren.

Entspannen zwischen den Wehen. Loslassen. Kraft schöpfen. Atmen.

Um halb acht Uhr früh nehme ich die vorbereitete Tasche und fahre mit dem Bus ins Krankenhaus. Eine Frau mit Kind auf dem Schoß lächelt mich an. Vor der Anmeldung in der Gynäkologie stehe ich dann eine Zeitlang herum, niemand ist da. Bei jeder Wehe stöhne ich leise vor mich hin. Als endlich eine ältere Frau in Schwesterntracht, offenbar die Hebamme, kommt, packt sie mich am Ärmel und zieht mich rasch in eine Kabine, als stünde die Geburt unmittelbar bevor. Ich bin jetzt gar nicht mehr bereit dazu. Ich liege nackt auf einer Pritsche. Die Hebamme greift in mich hinein. Ich bin die Kuh, in deren Leib der Arm jenes Freundes meines Vaters, der Tierarzt war, vor mehr als dreißig Jahren bis fast zum Ellbogen verschwunden ist. Die Hebamme ist nicht zufrieden mit dem Untersuchungsergebnis. Die

Gebärmutter, sagt sie, ist erst einen Zentimeter offen! Eine Wehe kommt und ich stöhne. Sie zieht mich wieder am Ärmel, aber diesmal ist es eine Art Rütteln, und sagt: Das tut nicht weh!

Schließlich fahre ich auf ihr Anraten mit dem Bus zurück in meine Wohnung. Es schneit in dichten Flocken. Als ich wieder in meiner Wohnung ankomme, ist es dreiviertel zehn Uhr vormittags. Die Wehen werden stärker. Ich versuche fernzusehen. Hans Moser. Aber der Film interessiert mich nicht.

Um halb ein Uhr rufe ich einen Freund an. Er verspricht zu kommen. Das wird etwa drei Stunden dauern. Mir ist mittlerweile alles unbequem: gehen, sitzen und liegen. Die Wehen sollten doch wie Meereswellen sein, die gleichmäßig und harmonisch an- und abrollen. Die Geburt eine Art Rundumerneuerung. Ich starre durch das Fenster die Schneeflocken an, die unaufhörlich vom Himmel fallen. Gegen drei Uhr läutet das Telephon. Ich hebe ab und bekomme in den vier Minuten bis zur nächsten Wehe mit, daß der Freund im Schnee auf der Autobahn steckengeblieben ist. Er sagt, ich solle mir keine Sorgen machen. Er käme bestimmt. Es dauere aber voraussichtlich etwas länger. Ich schließe die Augen. Wenn eine Wehe durchschnittlich eine Minute dauert und wenn die Wehen alle zehn oder fünf Minuten kommen, macht das sechs oder zwölf Minuten in der Stunde. Das muß doch auszuhalten sein!

Das Problem mit den Wehen scheint zu sein, daß man sich nicht an sie gewöhnt. Es gibt keinen langsamen Schmerzaufbau und deshalb auch keine Abstumpfung wie bei langandauerndem Schmerz. Kein rettendes Morphin wird in meinem Gehirn ausgeschüttet, es gibt auch kein rettendes Aussetzen des Bewußtseins wie etwa unter Schock.

Als Mädchen bin ich in ein wirtschaftskundliches Realgymnasium gegangen. Da hatten wir Kochen, Nähen und so etwas wie Geburtskunde. Die Lehrerin damals hat uns erzählt, daß sie ihr Kind im Stehen geboren habe. Oder war es in der Hocke? Die Freundin einer Freundin hat zu Hause in der Badewanne geboren. In den Anden gebären die Frauen, indem sie kurz vom Weg abbiegen und in den Wald gehen. Es gibt Frauen, die gebären im Flugzeug oder im Taxi auf dem Weg ins Krankenhaus.

Die einzig erträgliche Lage ist die auf dem Rücken. Wieso spüre ich eigentlich die Wehen im Rücken statt im Bauch? Die Luft in meinem Wohnzimmer ist stickig. Ich öffne die Balkontür. Draußen herrscht inzwischen dichtes Schneegestöber. Es läutet an meiner Wohnungstür, aber ich mache nicht auf. Der Abstand zwischen den Wehen beträgt jetzt drei Minuten. Das sind zwanzig Minuten Schmerz in der Stunde. Bedeutend weniger als die Hälfte der Zeit. Jetzt fröstelt mich. Ich schließe die Balkontür wieder. Es ist erst vier Uhr nachmittags. Etwas muß geschehen. Ein warmes Bad soll schmerzlindernd wirken. Ich lasse Badewasser ein und kippe zwei Verschlußkappen des Badezusatzes »Melisse und Orange« hinein. Laut Etikett beruhigend und entspannend. Das warme Wasser verbessert meine Situation kein bißchen. Im Gegenteil. Mir wird auch noch schlecht von dem intensiven Melissegeruch. Der einzige Vorteil des Ganzen ist, daß etwas Zeit vergangen ist. Nachdem ich mühsam wieder aus der Badewanne geklettert bin, ist es fast fünf Uhr. Kurz nach fünf Uhr kommt dann tatsächlich mein Freund aus Wien an. Wir reden nicht viel. Er nimmt meine Tasche, ich warte eine Wehe ab, dann gehen wir schnell zum Auto. Die Wehe, die kommt, als ich gerade die Autotür erreicht habe, überfällt mich heimtückisch. Im Auto halte ich es nur in halb liegender Haltung aus. Während der Freund zum Krankenhaus rast, stöhne ich laut. Ich stöhne auch im Krankenhauslift laut, in dem außer uns der Doktor König fährt. Er lächelt nur und sagt, daß wir uns ja dann bald sähen. Ich sage nichts. Die Hebamme vom Morgen mustert meinen Freund und mich. Dann deutet sie mit dem Kopf auf eine Kabine. Nachdem sie mich untersucht hat, schüttelt sie den Kopf. Zweieinhalb Zentimeter, sagt sie. Dann bedeutet sie mir wieder mit einem Kopfnicken, mich auf eine Pritsche zu legen, und rasiert meine Schamhaare weg. Es geht so schnell, daß ich nicht protestieren kann. Schon gar nicht, weil gerade eine Wehe kommt. Während der darauffolgenden Wehe lande ich auf dem Bauch und die Hebamme macht mir einen Einlauf. Ich denke an meine Mutter, die sich immer von meinem Vater einen Einlauf machen ließ, und wie mir als Kind davor grauste, obwohl ich gar nicht genau wußte, was so ein Einlauf eigentlich war.

Die nächste halbe Stunde gehe ich, bekleidet mit einem Krankenhausnachthemd, das hinten mit drei Schlaufen locker zusammengebunden ist und also ein wenig offensteht, im Krankenhausgang auf und ab. Der Einlauf wirkt plötzlich. Ich schaffe es gerade noch, die Toilette zu erreichen. Der Einlauf ist die halbe Geburt. Wo habe ich das gelesen? Und wieso eigentlich die halbe Geburt? Zu den Wehen kommen jetzt auch noch Bauchkrämpfe. Ich bleibe auf dem Klo sitzen, bis ich nur mehr Wasser von mir gebe.

Der Einlauf ist in meinem Fall keineswegs die halbe Geburt. Die Gebärmutter bleibt, wie Doktor König kurz darauf bei der Untersuchung feststellt, zweieinhalb Zentimeter und keinen Millimeter weiter offen. Es gibt Frauen, die laufen tagelang vor der Geburt mit einer zwei Zentimeter offenen Gebärmutter herum, bringen ihre Kinder in die Schule oder in den Kindergarten oder sie mähen den Rasen oder machen noch schnell die Autofahrprüfung. Die Wehen kommen jetzt seit sechs Stunden alle drei Minuten. Mir ist flau. Trotzdem bin ich froh, daß ich den ganzen Tag nichts gegessen habe. Die Hebamme führt mich in den Kreißsaal. Sie faßt mich unter den Arm. Wittert sie Fluchtgefahr? Ich entziehe ihr den Arm. Sie schaut mich von der Seite an. Ja, sagt sie, das tut weh.

Die Wände des Kreißsaales sind hellgrün. Neben dem verstellbaren Krankenhausbett stehen Apparate zur Wehenmessung und -beschleunigung, zur Messung der Herztöne und -kurven, ein Ultraschallgerät, ein Sauerstoffgerät undsoweiter. Dem Bett gegenüber hängt ein Kreuz. Ich erreiche mit Mühe das Bett, bevor die nächste Wehe kommt. Hineinsteigen kann ich nicht mehr. Ich stehe vor dem Bettende und klammere mich an die Chromleiste, bis auch diese Wehe vorüber ist. In den schmerzfreien drei Minuten entspanne ich mich inzwischen längst nicht mehr. Ich warte angespannt auf die nächste Wehe. Als ich im Bett im Kreißsaal auf dem Rücken liege, beschließe ich, mich aus dieser Lage nicht mehr wegzubewegen, bis das Kind geboren ist. Man hängt mich an verschiedene Apparate. Ich schaue aus dem Fenster links von mir. Draußen ist es bereits dunkel. Ich sehe nicht, ob es noch schneit. Als die Hebamme mich mitten in einer Wehe untersuchen will, stoße ich ihre Hand weg. Das Angebot der Schwesternschülerin, mir den Rücken zu massieren, lehne ich ab. Auch das, mich zu waschen. Das Nachthemd klebt mir am Leib. Ich bin so müde. Ich will mich nicht mehr bewegen, weder zur Seite noch nach vorn, ich will den Oberkörper nicht anheben, sondern liegen bleiben, mich auf den Schmerz konzentrieren und warten, bis alles vorbei ist. Es soll mich auch ja niemand berühren! Es ist zwanzig Uhr fünfzehn. Die Wehen kommen alle zwei Minuten, die Gebärmutter ist drei Zentimeter offen. Ich mag nicht mehr.

Die Schwesternschülerin richtet mir Grüße von meinem Freund aus. Er komme in zwei Stunden noch einmal vorbei. Ich will auf keinen Fall zwischen den Wehen einschlafen und esse daher das Stück Traubenzucker, das man mir anbietet. Der Traubenzucker gibt mir nur für kurze Zeit Kraft. In dieser Zeit bitte ich den Arzt eindringlich, mir schmerzstillende Mittel zu geben. Schließlich sagt er zu. Mir kommt die Zeit endlos vor, bis er mir eine Spritze gibt. Aber sie nützt dann gar nichts. Es ist nach wie vor, als ob jemand mit einem großen stumpfen Meißel in einer offenen Wunde auf meinem Rücken rührte und dann mit dem Hammer draufschlüge. Ich habe seit 38 Stunden nicht mehr geschlafen. Schlaf und Wachzustand, Traum und Wachtraum, alles beginnt sich zu vermischen, Schmerz und Alpträume jeder Art, das zerstückelte Kind meiner Mutter taucht plötzlich auf. Ich schrecke hoch, die Schwesternschülerin schließt das Kreißsaalfenster, der Himmel bleibt finster, die Hebamme untersucht mich während einer Wehe. Ich habe die Kraft nicht mehr, es zu verhindern. Meine Gebärmutter ist vier Zentimeter geöffnet. Hinter einem Schleier bekomme ich wie aus weiter Entfernung mit, daß die Hebamme und die Schwesternschülerin die Instrumente für die Geburt vorbereiten. Aber dann öffnet sich die Gebärmutter vier Stunden lang keinen Millimeter weiter. Im KZ nannte man es ein wissenschaftliches Experiment, Frauen während des Gebärens die Füße zusammenzubinden, bis sie starben. Mitternacht vergeht, es wird ein Uhr, dann zwei Uhr. Aus den Sekundenträumen zwischen den Wehen erheben sich blitzartig Sequenzen. Ich bin dreizehn Jahre alt und liege im Hummelhofwald neben Günther, der schon achtzehn ist. Ich habe eine Mathematiknachprüfung, weiß aber die simpelste Formel nicht mehr. Das Kind meiner Mutter wird in ihrem Leib zerstückelt.

Der Schmerz ist manchmal wie ein grelles Licht ohne Quelle, dann wieder ein dumpfes Bohren in einem imaginären Zentrum, dann ein schriller Schrei. Ja, ich habe vor Ostern nicht gebeichtet, keine Reue, keine Sühne, nichts.

Als meine Mutter noch jung war und keine Angst hatte, obwohl Krieg rund um sie herum war, den sie immer wieder durchquerte von Norden nach Süden und wieder zurück, alles mit der Bahn und die Bahn wurde bombardiert, und ihre Gepäckstücke vom Zug zur Straßenbahn schob, denn es waren zu viele, um sie auf einmal zu tragen, da hat sie einen Mann erfunden, sieben Jahre jünger als sie, blond und blaue Augen, und den hat sie geliebt. Und als der Krieg vorbei war und niemand mehr seine sieben Gepäckstücke mit dem Fuß vom Zug bis zur Straßenbahn schob, da war der Mann tot und zwei ihrer Brüder auch. Ein schwarzes Loch (kein Raum und keine Zeit) hat sie aufgesogen und nie wieder ausgespuckt, denn es gab plötzlich keine Erklärung mehr für den Krieg und auch nicht für den Frieden und das hat meine Mutter so erschreckt, daß sie nie mehr in ihrem Leben den Mut aufbrachte, etwas zu erfinden. Und ich, ein halbes Jahrhundert später, setze die Reihe der Erfindungen fort und bringe ein Kind zur Welt, falls die Kraft reicht und der Raum zwischen zwei Gedanken sich nicht zurückgekrümmt hat in sich selbst. Es ist drei Uhr nachts und ich werde an den Wehentropf angeschlossen. Das verstärkt augenblicklich den Schmerz und macht die Abstände zwischen den Wehen noch kürzer. Alles ist jetzt ein rasender Taumel, ein grellweißer Blitz.

Ich werde nicht weinen, während ich den geheimen Höhleneingang suche, schattig, dunkel, moosbewachsen und glitzernd vor Tautropfen und Silberminen. Obwohl tiefste Finsternis herrschen müßte, ist die Höhle hell erleuchtet. Von einem Licht, das keine Quelle hat, sondern selbst Quelle ist. Dort unten schwindet jeder Stolz und jede Erfahrung wird nichtig. Es gibt keine Art, umzugehen mit der Dunkelheit, die strahlt, hell und still, es gibt keine Formen, keine Gewohnheiten, die dort Sinn haben. Dort unten ist jeder allein mit seinem nicht selbst gewählten Leben. In dieser Lust, die nichts hervorbringt als sich selbst. Es gibt keine Zeugung, keinen Schöpfungsakt und keine Menschwerdung. Die Identität löst sich auf, wer dort unten eindringt, verhöhnt die Geschichte, die Zivilisation, die Herrschaft, den Krieg. Die Höhle ist herrschaftslos, sie läßt sich von keinem noch so tapferen Abenteurer benennen. Die Zeit verglüht in ihr, Formen zerfallen. Es herrscht eine unvorstellbare Helligkeit, in der sich Dinge und Menschen, ob lebend oder tot, gleichermaßen aufbäumen, unwillentlich, es ist ein chemisches Gesetz, es ist das Gesetz der Äste und Zweige im Kamin, es ist das Gesetz der Menschen und Särge, es ist das Gesetz des Lebens, daß wir uns aufbäumen, bevor wir zischend verlöschen.

Wie aus dem Nichts kommt plötzlich alles in Bewegung. Es ist soweit. Die Fruchtblase ist geplatzt. Eine polnische und eine tschechische Hebamme kommen und werfen sich von links und rechts quer über meinen Bauch, die Chefhebamme greift tief in meinen Leib hinein. Die Preßwehen haben begonnen. Noch nicht pressen, brüllt die eine Hebamme und zieht mich hoch. Das Kinn auf die Brust gedrückt, beginne ich zu hecheln wie ein Schaf. Ich hechle gegen das unglaubliche, kaum zu unterdrückende Bedürfnis an, mit aller Gewalt hinauszupressen, was in mir ist. Ich lege mich zurück ins

Kissen, meine Haare sind vollkommen naß. Die nächste Wehe kommt, kaum habe ich mich hingelegt. Ich werde wieder hochgezogen. Noch nicht pressen, ruft die eine Hebamme noch einmal, ich hechle noch einmal, weiß aber, daß ich höchstens noch eine Wehe überhecheln kann, dann ist mir alles egal, Leben oder Tod, ich werde das Kind aus meinem Leib pressen und wenn ich zerreiße. Die nächste Wehe kommt, als ich noch nicht einmal wieder liege. Ich richte mich auf, umfasse mit je einem Arm je ein Knie meiner weit gespreizten Beine, hechle, schreie, Wasser rinnt mir aus den Augen und aus dem Mund, ich sehe schon den Kopf, ruft die Hebamme, das Kind ist entweder blond oder es hat eine Glatze. Jetzt pressen, schreit sie auf einmal, pressen. Und ich presse mit aller Gewalt. Es ist ein unglaublicher Augenblick. Tief innen in mir reißt Gewebe. Ich spüre eine ungeheure Kraft, wo kommt plötzlich diese Kraft her, nach so langer Zeit. Ich presse das Kind mit der ersten Preßwehe aus mir hinaus, jetzt reißt auch außen Gewebe, etwas Warmes rinnt an meinen Beinen entlang. Das ist Blut. Es ist der leichteste und der einzige schmerzlose Augenblick meiner Geburt.

Das Kind liegt auf meinem Bauch, die Nabelschnur, etwas Dickes, Blasses mit roten Adern, wird durchgetrennt, das Kind bei den Beinen gepackt und in die Luft gehalten. Tief in mir höre ich seinen Schrei. Die polnische oder die tschechische Hebamme trägt das Kind aus dem Raum, um es zu baden. Aber die Geburt ist immer noch nicht zu Ende. Wahrscheinlich sind die Wehen, die jetzt noch folgen, um die Plazenta auszustoßen, nichts mehr im Vergleich zu den Geburtswehen, aber ich kann nicht mehr unterscheiden zwischen den Abstufungen der Schmerzen. Ich will keine Wehen mehr haben, ich will, daß die Geburt zu Ende ist, ich will schmerzlos daliegen und schlafen, ohne jede Minute hochzuschrecken, ohne Gedanken und Alpträume, ohne Angst und Schrecken, ohne Erinnerung und ohne Hoffnung. Ich will nicht mehr sein. Wenigstens für eine Weile. Aber die Wehen gehen weiter, noch einmal drückt die Hebamme mit aller Kraft auf meinen Bauch, die Plazenta wird ausgestoßen, glatt, warm und glitschig. Es ist sechs Uhr früh und draußen wird es hell, als der Assistenzarzt kommt, um den Riß zu nähen, der bei der Geburt entstanden ist. Irgend etwas macht er zur Betäubung, örtlich, wahrscheinlich gibt er mir Spritzen, aber es nützt nicht viel. Er näht vierundzwanzig Risse in dem schmerzenden Fleisch. Endet das nie? Ich bitte ihn um eine Vollnarkose, aber er sagt, das würde ich sicher bereuen. Denn ich dürfte das Kind dann mindestens vierundzwanzig Stunden nicht stillen, was zu einem Milchstau in der Brust führen könne und dieser wiederum zu einer

Entzündung der Brust. Oder es käme zum sofortigen Versiegen der Milch, was ebenfalls schlimme Folgen habe. Besonders für das Kind. Ich will schlafen. Aber der Assistenzarzt näht und näht und jeder Stich geht quer durch den Leib.

Nachdem ich das erstemal mit einem Mann geschlafen hatte, habe ich nicht einmal gewußt, ob er eigentlich in mir gewesen ist oder nicht. Etwas hat sich zwischen meinen Beinen geballt, der Mann hat einen Moment aufgestöhnt und dann bin ich naß gewesen. Geblutet habe ich nicht. Ich bin keine Jungfrau mehr gewesen. Günther hatte mich ein Jahr zuvor mit den Fingern entjungfert. Aber auch das habe ich damals nicht gewußt. Das habe ich erst viel später rekonstruiert: Es passiert im Hummelhofwald. Der Günther ist groß und stark und wild. Und fünf Jahre älter als ich. Daß sich so einer überhaupt dazu hergibt, mich zu küssen, verwechsle ich mit Liebe. Wenn jemand, der so alt und groß und stark und wild ist wie der Günther, ganz rote Wangen und glasige Augen bekommt, nur weil er mich küßt, dann muß er mich lieben. Und immer, wenn ich den Eindruck habe, daß jemand mich liebt, denke ich sofort, daß ich diese Person auch liebe. Ich denke, daß man, wenn man jemanden liebt, alles mit sich geschehen lassen muß, was diese Person will, denn sonst würde man sie nicht lieben. Günther zieht mich immer weiter in den dunkleren Teil des Hummelhofwaldes hinein und auch wenn er mich gerade nicht küßt, weil er mich wieder ein Stück weiterzieht, sind seine Wangen rot und seine Augen glasig. Auf einer Lichtung legen wir uns ins Gras und Günther quetscht seine Hand unter meinen Hosenbund und in mich hinein. Das tut weh. Schließlich ist sogar ein wenig Blut auf seiner Hand und später, zu Hause, bemerke ich, daß auch in meiner Unterhose Blut ist, aber ich glaube, daß ich die Regel bekommen habe. Wahrscheinlich weiß ich schon irgendwie, daß der Günther mich mit den Fingern defloriert hat, aber ich will es mir nicht eingestehen. Weil es nicht in die Vorstellung paßt, die ich mir von der Liebe mache. Auch daß der Günther sagt, jetzt könnten wir gleich ficken, überzeugt mich nicht. Ich kenne das Wort ficken zwar, habe es aber noch nie von jemandem ausgesprochen gehört und deshalb nicht wirklich verstanden. Trotzdem schüttle ich sofort den Kopf und es kommt mir so vor, als ob der Günther erleichtert ist, daß ich nicht mit ihm ficken will. Der Günther küßt mich nachher auch nicht mehr und er kommt überhaupt dann nur mehr selten in den Hummelhof. Ich warte jeden Nachmittag dort auf ihn, weil ich damals schon denke, daß Liebe Warten bedeute. Monatelang gehe ich jeden Nachmittag in den Hummelhof und warte auf Günther. Nach einem halben Jahr kommt der Günther gar nicht mehr in den Hummelhof. Ich warte aber trotzdem noch lange auf ihn.

Ob der Mann, mit dem ich zum erstenmal geschlafen habe, in mir gewesen ist oder nicht, kann ich nicht mehr rekonstruieren. Ich habe mich so auf den Schmerz konzentriert, von dem ich gehört habe, daß er kommen müsse, wenn man das erstemal mit einem Mann schläft, daß ich sonst nichts wahrgenommen habe. Nachher bin ich vor allem erleichtert gewesen, weil es nicht weh getan hat und weil ich meiner Meinung nach endlich entjungfert war. Und später dann, als ich längst rekonstruiert habe, daß nicht der Mann, mit dem ich zum erstenmal geschlafen, sondern der Günther mich schon vorher mit den Fingern entjungfert hatte, bin ich eigentlich darüber froh gewesen, denn ich habe gelesen, daß man von dem Mann, mit dem man zum erstenmal geschlafen hat, sehr schwer loskommt. Seelisch. Und da ich den Mann, mit dem ich zum erstenmal geschlafen habe, nachher nie mehr gesehen habe, weil es nämlich im Urlaub in Italien geschehen ist, bin ich froh gewesen, daß mir das ganze Leid erspart geblieben ist. Ich habe dann trotzdem so getan, als ob ich schwer loskäme von dem Mann, mit dem ich das erstemal geschlafen habe, und habe oft nachher in meinem Bett zu Hause vor dem Einschlafen geweint, aber in Wirklichkeit habe ich schon nach zwei Wochen nicht mehr gewußt, wie dieser Mann eigentlich genau ausgesehen hat.

Die Zeit kriecht über meinen Rücken. Plötzlich bin ich neunundvierzig Jahre alt. Die Tage werden kürzer. Und jede Nacht im Bett höre ich die Uhr ticken. Und wenn ich morgens vom Klingeln des Weckers aufwache, ist schon wieder eine Nacht vergangen. Bis zur nächsten Nacht undsoweiter. Lieben heißt warten und warten heißt sterben. In kleinen Einheiten, die rasch vergehen. Jede Nacht huschen halbnackte Pygmäen mit roten Baströckchen über meine Tapete in den dunklen Wald. Sie verwandeln sich nachts in Tiere und jagen andere, kleinere Tiere. Alte Bekannte aus den verschiedensten Ländern tauchen neuerdings wieder regelmäßig bei mir auf. Eine Zeitlang stand fast jede Nacht Elias neben meinem Bett, schaute mich mit trotzig aufgeworfenen Lippen an und argumentierte gegen den Tod. Gestorben ist er aber trotzdem inzwischen. Herrgott, wenn ich nur wüßte, wie lange ich das alles noch ertragen kann. Ewig, seufzt meine Hüfte. Aber mein Kopf hat es satt. Er will seine Ruhe haben: Schluß mit Liebe und Tod! Will einfach nur vor sich hindämmern, verdämmern. Imre, der es wissen muß, sagt, sein Leben sei diese eine Stunde, die er totschlägt zwischen zwei wichtigen Terminen. Dabei ist Imre in Wirklichkeit ein freundlicher und, wie mir scheint, recht lebenslustiger Mensch. Natürlich sind all die Vitalisten nichts als verkappte Melancholiker. Redmond, auf seinen Expeditionen durch den Dschungel watend, murmelt ununterbrochen vor sich hin: Und wozu, wozu, wozu? Nur Thomas, der Österreicher, lacht: Meine Krankheit ist mein Kapital, legt sich zu Hause hin und stirbt. Harold ist auch schon tot. Mußte es denn ausgerechnet Aids sein? Wieso nicht Hepatitis C? Niemand hat sich darum gekümmert, woher meine Mutter diese Krankheit hatte. Ich auch nicht. Wozu auch?

Das Leben ist schon merkwürdig. Fast so merkwürdig wie der Tod.

Dabei war ich gestern erst zehn Jahre alt.

Inhalt

Tod
5

Hochzeit
79

Und eine Geburt
129